Cyril & Graham
「はぐれ銀狼と修道士」

はぐれ銀狼と修道士

栗城 偲

キャラ文庫

この作品はフィクションです。
実在の人物・団体・事件などにはいっさい関係ありません。

目次

銀狼はひとり夜を待つ……5
いつまでもともに……179
あとがき……320

はぐれ銀狼と修道士

口絵・本文イラスト／夏河シオリ

銀狼はひとり夜を待つ

かじかむ指先を握りしめ、浅く雪の積もった道なき道を踏み進める。今年初めての雪は踏む度に微《かす》かな音を立てて融《と》けていった。

二十五歳の聖職者——シリルが足を踏み入れたのは、「狼男《おおかみおとこ》」が根城を構えていると里に古くから伝えられている山だ。その狼男を、退治しにやってきた。

もう、自分がどれほど歩いたのか、ここは山のどのあたりに位置しているのか、判然としない。山道は閉ざされて久しく、稀《まれ》に獣道を見かけるのみで、草木をかき分けるようにしながら進んだ。

——じきに夜になる。

午前中に里を出たはずなのに、重い雪雲と木々に覆われた山は既に昏《くら》い。下山をするならば、日の高いうちにしなければならない。もう、山を下りることは叶《かな》わないだろう。

息が震える。寒さからか、不安からか、或《ある》いは武者震いか。自分でももうわからない。

——……犬死にだけは、したくない。命にかえても、化け物に傷を与えなければ。

教会で面倒を見ている子供たちから別れ際に渡されたお守りのペンダントをぐっと握りしめ、前方を睨《にら》みつけた。

不意に、辿《たど》っていた獣道の先に山道が現れる。獣の通り道ではなく、少々荒れてはいるが人が踏み固めたもののように見えた。つまり、この山には人がいる、ということである。

そんなはずはない。中腹より上で突然山道が現れるなどありえない。怪訝《けげん》に思いながらもその道を通り、はっと息を呑《の》む。

「……小屋……？」

吐いた息は白く、夕闇《ゆうやみ》に紛れる。そのけぶった視界の向こうには、こぢんまりとした小屋があった。

慎重に、足音を立てぬように近づく。その様子から、空き家ではなく使用しているもののようだと察せられた。

「もし……」

ゆっくりとドアを開け、覗《のぞ》いてみる。

——誰《だれ》もいない。

だが、やはり人が住んでいる様子はある。傷みのない家には埃《ほこり》っぽさがなく、暖炉《だんろ》の煤《すす》のにおいがした。

——まさかここが狼男の根城……？　狼男は窖《あなぐら》に棲《す》んでいるのかと思ったけれど……。

それとも、ここは狼男の家ではなく、普通の人間が暮らしているのだろうか。テーブルの上には、木の実や乾かした果物が置いてあった。

子供を拐《さら》って血肉を食らう狼男の塒《ねぐら》にあるものにしては、不釣り合いに見えた。

――とりあえず、周辺を探索してみよう。……人がいたら、話を聞いてみて、それで、それで。

それで、どうしたらいいのだろう。

子供の頃から狼男の話を聞かされて、その存在を疑ったことはなかった。けれど、もしここに住んでいるのが「人間」ならば、同じ山に棲む凶暴な狼男が看過するはずがない。

ひとつの可能性に思い至り、眉根《まゆね》を寄せる。

――もし、ここに狼男がいなかったら……私は狼男が見つかるまで、山を探し続けなければならないのだろうか。

もう体力も精神力も限界に近い。雪や風の凌《しの》げるここに留《とど》まりたいという気持ちを振り切るように、口元をマフラーで覆い隠し小屋を出た。

目の前には赤く色づいた林野が広がり、そこに薄《うっす》らと積もった雪が美しい。だがそれは移動の障害でしかなく、再びその中に入って狼男を探さねばと思うと、足が進まなかった。

躊躇《ちゅうちょ》して立ち尽くしていたら、不意に、眼前の森林でなにかが光る。

――雪……？

目を凝らし、木々の向こうにシリルが見たのは、雪ではなかった。

――銀色の、狗《いぬ》……いや、狼だ。

艶《つや》やかな銀色の毛並みが、ほんの僅《わず》かな光を反射したのだ。

――大きい……。

普通の狼の一回り以上、熊ほどの大きさの銀狼だ。

本来すぐに逃げなければならないほど恐ろしいはずなのに、その美しさに魅了され、目を奪われる。

ぼんやりしすぎたせいか、手に持っていた小刀を落としてしまった。その物音に、銀狼がピンと耳を立てる。

湖のように青い瞳が、射抜くようにシリルのほうを向いた。

「——誰……？」

「っ——」

シリルは反射的に逃げ出していた。

——……なに、なんだ、あれは⁉

目の前で起きた非現実的な光景に、無意識に走り出していた。

——狼が、しゃべった！

並外れて大きな銀狼は、間違いなく青年の声を発した。

多分きっと、あれが「狼男」なのだろう。言い伝えや想像とだいぶ乖離《かいり》していたが、それ以外に考えられない。

だが、狼男を退治しに来たはずの自分の体は、本能的に退避を選んでいた。戻って戦わねばという頭もあるのに、未知の危機に体が言うことをきかない。

「――……っ、待って……！」

背後から、呼びかける声がする。だが、シリルの頭は激しく混乱しているせいで、なにを言われているのか理解できなかった。

ただ、あの狼から逃げなければ、ということだけに意識が支配される。

「駄目、そこは危ない……！」

そんな制止の声が飛んだ瞬間、ふわっと体が浮いたような感覚に襲われた。

体が浮いたのではなく、足を滑らせて山道を滑落しているのだと気づいたのは、その一瞬あとのことだ。

「っ……――！」

声にならない悲鳴を上げた瞬間、目の前を銀色の毛並みが横切る。

やはり雪のような綺麗《きれい》な色だな、と思ったその刹那《せつな》、激しい痛みとともにシリルの意識は落ちていた。

うちの子が「狼男」に拐われたのは、教会の孤児のせいだ。教会は責任を取れ！

里の、中流階級の夫婦がそう言って教会に怒鳴り込んできたのは、先週の金曜日のことだった。夫婦はひどく興奮した様子で、執務室にいる司祭に詰め寄った。

「狼男」は里からほど近い山に棲む、大男の体に狼の頭のついた化け物で、人の肉を食らうと言い伝えられている。そのため、子供たちはこの山には絶対に近づいてはいけないと言い含められて育つし、長じて大人になってからも絶対に近寄らない。

だが近年、この里では狼男が犯人と目される子供の失踪《しっそう》事件が相次いでいた。

「落ち着いてください」

司祭の胸ぐらを摑《つか》まんばかりの夫に、シリルは躊躇《ためら》いながらも遠巻きに見ている修道士たちの中から飛び出した。慌てて割って入る。

「可愛《かわい》い我が子が拐われて、落ち着いていられるか！」

そう怒鳴った夫に続き、今度は妻のほうが泣きながらシリルに迫った。

「私達はあの子に、絶対山のほうへ行くなと躾《しつ》けていました。この教会の孤児に唆《そそのか》されて、山へ行ったに違いないんです！」

彼女の言う通り、昨日行方不明になったのは、この夫婦の子だけではない。その子と一緒に行動していたはずの孤児も帰らなかった。

子を失った悲しみは同じなので、辛《つら》い気持ちはよくわかる。けれど夫婦は「孤児のひとりやふたりいなくなったところで他にも代わりの子供は沢山いる、でもあの子はひとりだけなんだ」と、動転しているにしろひどい言葉を吐いた。

「……お気持ちはわかります、どうか落ち着いて」

いつもは奉仕活動にも積極的に参加してくれる明るい夫婦だったが、彼らはシリルの科白《せりふ》に、まるで殺したのがシリルだと言わんばかりの憎悪の目を向けた。

「ブラザー・シリル。孤児のあなたに、親である私達のなにがわかる。子供も持たぬ、親も知らないあなたなどに、わかるはずがない！」

興奮した様子の夫はそう激高し、一瞬遅れてはっと気まずげな表情になった。

彼らは可愛い我が子が行方不明となり、冷静さを失っている。だからしょうがない。それは紛れもなくシリルの本心だったが一方では、やはりそう思われていたのだな、と落胆する気持ちもあった。

「……とにかく、教会には責任を取ってもらう！」

いいな、と強い語調で言い放ち、夫婦は寄り添いながら帰っていった。教会の重い扉が閉じられて、誰からともなく溜息《ためいき》が零《こぼ》れる。

「司祭、お怪我《けが》はありませんか」

振り返って問うと、司祭は「大丈夫です」と頷《うなず》いた。五十代になる司祭は、シリルの直属の上司だ。彼は優しい手付きで、摑まれて皺《しわ》のついてしまったシリルの祭服を撫《な》でる。

「シリルこそ、大丈夫でしたか」

「私は大丈夫です。誰にも、何事もなくてよかったです」

司祭は十年ほど前、別の村の孤児院で育ったシリルを、「ゆく当てがないなら、聖職者となって助けてくれませんか」と声をかけてくれた人だった。

司祭は度々、シリルの育った孤児院にやってきては奉仕活動をしてくれていた。出世してこの里の教会の司祭になるということで、当時育った孤児院を卒院しなければならず、けれど進路の決まっていなかったシリルの身を預かってくれたのだ。

——先程、「親も知らないあなたにわかるはずがない」と言われたけれど。

その後、彼の導きによって無事見習いを卒業して聖職者となったシリルにとっては、司祭が父にも等しい存在だった。怪我などなくて本当によかったと、胸を撫で下ろす。

「……ですが、どうすればいいのでしょうか」

司祭はそう呟いて、重い溜息をつく。

責任を取れ、と言われても、教会ではどうすることもできない。

言い伝えでしかなかった「狼男」の被害が本格的に顕在化し始めたのは、十年ほど前のことだ。シリルが、聖職者の見習いとなった年だったのでよく覚えている。

教会で面倒を見ていた孤児や里の子供が、ぽつぽつと行方《ゆくえ》知れずになったのが始まりだった。元々、古くから狼男の被害が報告されている里ではあったが、十数年に一度ほどだった被害が、それなりの頻度で発生し始めたのだ。

最初は一年に二度、三度、徐々にその数は増え、外遊びの多かった孤児だけでなく、里の子供たちにも被害が及び始めた。

消息がわからなくなる直前、狼の棲まう山の近くで子供を見かけた、という目撃情報から、一連の失踪事件は狼男の仕業であると断定された。

狡猾《こうかつ》な狼男は人目を忍ぶのが得意で、誰の目にも止まらぬうちに犯行を遂行してしまう。

教会では子供にあまり里の外へ出ないようにと言いつけていたし、里の大人たちも我が子から目を離さないように気をつけていたが、それでも被害は出続けている。

「悩ましいことです。……今のご夫婦は、教会に多額の支援もしてくれていました。我々が責任を取らなければ、もう支援はしない、と」

「それは……」

山間の丘陵地にあるこの里は、貧しいというわけではないが裕福な土地柄ではない。自給自足の他、支援で成り立っている教会にとって、金銭の援助を絶たれるというのは痛手だ。孤児院を運営することもままならなくなる。

執務室に沈黙が落ちて数秒、廊下から大きな足音が近づいてきた。

「失礼します、司祭」

ばたん、と大きな音を立てて扉を開いたのは、里長《さとおさ》だった。恰幅《かっぷく》のいい彼は顔を顰《しか》めながら大きく嘆息する。

「先程、私のもとにも夫婦がやってきて、なんとかしろと言いに来ましたよ」

「それは申し訳ありません」

「いやいや、それは司祭の責任ではないのですから……だが責任を取る、といっても、姑息《こそく》な狼男は我々の目を盗んで犯行に及ぶ。迎え撃つのは現実的ではないでしょうな」

はあ、と里長と司祭は悩ましげに溜息を吐いた。

不意に、里長がはっと顔を上げる。

「ならば、山へ乗り込み、退治をすればいいのでは？」

来ないのならば、行けばいい。防衛しきれないならば、攻撃に転じれば。

名案だ、と言わんばかりに声を弾ませるふたりは、壁際に並ぶ修道士たちに視線を向けた。

誰が行くのか、と問うような視線に、修道士たちが動揺し息を殺す。相手はあの「狼男」だ。立候補は確定的な死を意味する。

里長と司祭は「ああ、どうすれば……」と「誰かが行かなければ……」と嘆きの声を上げた。

誰かが手を上げなければ、ひとりとして退室することもままならない。重苦しい空気の中、どれほどの時間が経過したのかわからなくなった頃、シリルは小さく息を吸った。

「……あの」

震える唇を開けば、全員の視線がシリルに向く。恐らく満場一致で望まれているであろう言葉以外発せられない、といった雰囲気に半ば飲まれるように、口を開いた。

「私が、行きます」

「ブラザー・シリル。お願いできますか」

シリルが言い終わるか終わらないかのうちから、司祭はそう言って微笑《ほほえ》んだ。

「あ……、……はい……」

その反応を受け、どこかで「そんな危険な目に遭わせられない」と心配されることを期待していた己に気づいた。けれど司祭たちは一瞬の躊躇も、惜しむ様子もなく、安堵《あんど》したようにシリルに重荷を背負わせる。掌《てのひら》や背中にじわりと汗が滲《にじ》んだが、もう発言の撤回はできない。

善は急げとばかりに、翌日には出立することになってしまった。まるで、気が変わらないうちにさっさと行ってもらおうという様子だった。

他の修道士たちは警邏《けいら》や奉仕活動で忙しいとのことで、シリルは単身で狼男の山へ乗り込まなければいけない。

翌朝、教会を出ると早朝にも拘《かかわ》らず里の住人たちが数人見送りに来てくれた。

「ブラザー・シリル……！」

教会に隣接されている孤児院の子供たちもいて、不安げな顔をして駆け寄ってくる。シリルは子供たちに目線を合わせるようにしゃがみ込んだ。

「――狼男を退治しに行くって本当ですか!?」

シリルが言葉を発するより先に、赤毛の少年、サミーが叫ぶように問うた。

今年で十歳になる彼は子供たちの中では特に活発でリーダー格の、お兄ちゃん的存在だ。他の子も続いて「大丈夫?」「戻ってくる?」と不安そうにする。

シリルよりも先に、司祭が「大丈夫ですよ」と声をかける。

「ブラザー・シリルならば適任です。彼は孤児という境遇もあって、孤児たちが狙《ねら》われることに憤り、心を痛めておりました。なによりも、修道士たちの中では一番の若手で体力もあります」

子供たちは司祭のそんな口上に言いようもなく泣きそうな表情になり、顔を見合わせる。大丈夫、とは嘘《うそ》でも言えず、シリルはただ笑って頷いた。

教会で面倒を見ていた、自分の弟妹に等しい子供たちが犠牲になった。子を失った親たちの嘆きも訴えもよく聞いている。どうにかせねばとずっと考えていたし、無力な自分を歯がゆく思っているのも確かだったからだ。

「あのね、ブラザー・シリル、これ……」

サミーが涙目になりながら渡してくれたのは、昨晩皆で作ったというお守りのペンダントだ。綺麗な石を細い麻紐《あさひも》で包み編んだものに、革紐が付いている。

「……ありがとう」

涙が込み上げてきて、子供たちひとりひとりを抱きしめた。

その様子を見ながら同僚の修道士たちや、里の大人たちも躊躇いがちに寄ってきて、ありがとう、頑張って、と口々に激励をしてくる。その顔には、安堵と後ろめたさが浮かんでいるようだった。

「ブラザー・シリル、すまねえな……頼んだよ」

「いずれ、人里に下りてくるかもしれない。そうしたら、私らは皆殺しだ。そうなる前に、どうにかしてくださいな」

「ありがとうございます、祈っていますから。ずっと」

「ああ、これでしばらくは——」

そう誰かが言ったのを、おい、と別の誰かが遮る。

シリルは聞こえなかったふりをして微笑み、「では、行ってまいります」と笑った。

先程里人が言いかけた言葉は、考えなくてもわかる。

ああこれでしばらくは、新たな犠牲が出ずに済む。

これで、安心できる。生贄《いけにえ》をひとり差し出したら、狼男の腹は満たされ、しばし平穏が訪れるだろう。そう言わんばかりだった。

——……まあ、それが正直な気持ちでしょうね。

自分も同じ立場だったら、きっとほっとしただろうから。

シリル、と司祭が呼んで、シリルの手を優しく握った。まるで、孤児院から手を引いてきてくれたあの日のように、あたたかな手だ。

「ブラザー・シリル。どうか無事で」

やはり引き止めてはくれない。

頷くこともできず、ただ笑顔を返して里を出る。

きっと生きて帰っては来られないだろう、と確信していた。そして一応討伐だということにはなっているが、恐らくシリルが生きて帰ってくると思っている大人《おとな》は、ひとりもいないのだ。

可能であれば、討伐してほしい。だが、相手は人間でもない、ただの獣でもない、化け物の「狼男」だ。

シリルは、司祭を、同僚を、里の人々を、家族のように思っていた。

けれど有事の際にはこうしてあっさり差し出されるのだと思うと、胸にぽっかりと穴が空いたような、或いは憤懣《ふんまん》にも似たものが溢《あふ》れ、詰まるような心地がした。

一方で、ああやっぱり自分が行ってよかったなとも思う。

――彼らが笑っていてくれるのなら、それだけでもう、満足かもしれない……。

それがきっと己の存在意義で、価値なのだ。

きっと狼男には敵《かな》わないだろう。だが自分を――生贄を差し出したら、少しは事態が収まるかもしれない。もしかしたら、しがない修道士でも死にものぐるいになれば一矢報いることができるかもしれない。

――……里の役に立てるなら、本望だ。

様々な思惑を、全《すべ》て飲み込むことにした。自分の中に蟠《わだかま》っていた引っ掛かりも、見ないことにする。

色々思うところはあるけれど、それも確かにシリルの本心であったから。

「……だが、せめて」

シリルに用意されたのは、猟銃と弓、小刀ひとつ。防護服などはなく、防寒用のコートの下は平素着用している祭服だ。

たったそれだけで敵う相手かはわからない。だがせめて、傷のひとつでもつけてから死んでやる。

噛《か》み付かれたら、自分も噛み付き返すくらいの気概で、挑むつもりでいた。

興奮しているせいか、体は熱い。微かに震える身を武者震いだと言い聞かせた。

「暑い、寒い……痛い……」

覚えずそう呟《つぶや》いて、いつの間にか閉じていた目を開く。木造の天井が視界に映り、あれ、と内心で首を傾《かし》げた。

――ここは……？

先程自分は里にいて、教会にいて、里長の前にいて、子供たちに囲まれて――。

あれは夢だったのか。いや、実際にあったことを、夢に見ていたのか。

――いや、違う……。私は、山を歩いていて、それで。

それで、と思い出そうとしたが、頭に鈍痛が走った。

「……う……」

全身が痛い。痛くて熱くて、寒い。

今自分はどこにいるのだろう。そもそも、いつ眠ったのだろうか。見上げた天井は、自室のものではない。

視線を横へ流すと、テーブルの前に背の高い男が立っていた。雪のような美しい銀色の髪と白い肌が印象的な美丈夫だ。その輝く髪にどこか既視感を覚えていたが、はっきりしない頭では思い至らない。

不意に、彼がこちらを向いた。

「目が、覚めた？」

低く柔らかな声だ。なんだか聞き覚えがあるような気がした。

「大丈夫？　寒い？　暑いかな？　もう少し、なにか上に掛ける？」

心配そうに、彼はシリルの顔を覗き込んでくる。青く美しい瞳が、きょろきょろと動いていた。すっと通った鼻梁《びりょう》、薄い色の形のいい唇。まるで宗教画に描かれた人物のような、寧《むし》ろそれらよりも神々しく見えるほど、美しい青年だ。

彼の背後に、赤々と燃えている暖炉の火が見えた。それを眺めて、ここが先程立ち寄った小屋かもしれない、と察する。

「体、痛いでしょう？　ちょっと待っていてね」

彼はスープカップのようなものを手に、近づいてくる。それを一旦《いったん》サイドボードへ置き、シリルの上体を片手ですっと起こさせてくれた。

「痛……っ」

ゆっくりとした動きだったが、足に激痛が走って呻《うめ》く。それから遅れて、右腕にも鈍い痛みがあることを自覚した。

「ごめんね、痛いだろうけど我慢して」

言いながら、彼はシリルの手にカップを持たせる。そこには、土のような色をした液体が入っていた。

覚えのある香りから、カップの中身が鎮痛解熱剤だということがわかる。

「熱冷ましを、煎《せん》じたんだ。……多分、できてると思う。飲んで」

「あ、ありがとう、ございます」

戸惑いながら礼を言うと、彼は何故《なぜ》かぱあっと輝くような笑顔になった。

口に含んだ解熱剤は、なんとも言いようのない苦味と臭いだったが、それは彼の煎じ方が悪いのではなくこういうものだ。ありがたく飲み下し、息を吐く。

シリルが薬を飲みきったのを見届けて、男はほっと表情を緩めた。

「ありがとうございます、随分とお世話になってしまって。これもあなたのベッドですよね。お借りしてしまって、申し訳ありませんでした」

恐縮しつつ頭を下げると、彼はほんのりと頰《ほお》を染めて、頭を振る。

「ううん。怪我しているんだから、気にしないで」

カップ片付けるね、と言って彼はシリルの手からカップを取った。何故か、浮かれていると言ってもいいほど嬉《うれ》しそうな彼の様子を不思議に思いながら、自分の身を確認する。

祭服ではなく、柔らかな木綿の寝間着を着せられていた。着せてくれたのは、間違いなく彼だろう。

掛布を捲り、先程激痛の走った右足を確認する。足首には湿布薬が巻かれていた。折れてはいないかもしれないが、目視でもすぐわかるほどにひどく腫《は》れている。右腕も折れてはいないようだが、二の腕が赤く腫れて熱を持っている。少し動かすだけでも、肩や肩甲骨のあたりまで痛みが走った。

「応急処置だけしたけど、あまり動かさないほうがいいよ。折れてはいないみたいだったけど……痛いでしょう?」

いつの間にか戻ってきていた男は、椅子《いす》を引いてきてにこにこしながらベッドの横に座った。

「この雪で見えにくいけど、あの先は崖《がけ》なんだよ。ちょっと危なかったけど、助けられてよかった」

その言葉に少々違和感を覚えながら、「危ないところをありがとうございました」と深く頭を下げた。ううん、と彼は笑顔で頭を振る。

「目が覚めてよかった。名前は、なんていうの？」

「あっ……申し遅れまして大変失礼いたしました。シリル、と申します」

「シリル。……シリルかぁ。俺は、グレアム」

グレアムさん、と呼ぶと、彼は一瞬目を瞠《みは》り、それから頬を緩めて「うん」と頷く。

年齢は、シリルと同い年くらいだろうか。その割に、少々幼い言動に戸惑ってしまう。

「グレアムさん、は、ここにお住まいなんですか？」

「うん、そう」

「ご家族は？」

その問いに、笑顔だったグレアムの表情が微かに曇る。そして「もういない」と言った。

「……死んじゃった。お父さんも、お母さんも」

「そう、ですか」

「シリルのお父さんとお母さんは？」

「私にも親はいません。いつ死んだかも、記憶にありません」

物心ついたときから親の姿はなく、孤児院で育てられた。それを不幸だと思っていたのもずっと昔のことで、今は顔も知らぬ親を焦がれるようなことはない。

けれど、グレアムは寂しそうな顔をした。

「そっか、じゃあ俺たち一緒だね」

「……そうですね」

同じ境遇の子供たちは大勢いる。けれど、同じだね、と寂しそうに呟かれて、なんとも形容しがたい気持ちになった。

「シリルは、どこから来たの？」

「私はこの山の麓《ふもと》から、一番近い里から来ました」

一番近い、といっても小一時間歩かねば山裾《やますそ》に着かないほど距離はある。それほど、この山は忌避されていた。

へえ、とグレアムが笑う。

「なにをしに？」

グレアムの言葉に、ぎくりとした。

その質問を受けてやっと、先程からずっと纏《まと》い付いていた違和感の正体に気がついたのだ。

グレアムは首を傾げ、シリルの答えを待っているようだった。一見無邪気なその問いかけに、裏があるのかないのかわからない。澄んだ瞳を前にして、答えあぐねた。

「……グレアムさん」

「なに?」

名前を呼ぶと、彼はまた嬉しげな顔をする。

一方でシリルは、緊張に汗を滲ませていた。

「つかぬことをおうかがいしますが……その、銀色の狼の姿を、していませんでしたか」

問いかける声は、無意識に掠《かす》れる。同時に、腕や足だけでなく、喉《のど》にも強い痛みがあることを知った。

雪の中対峙《たいじ》した銀狼と、声が似ている。なにより、自分が滑落していたところを目にしていたのは、あの狼だけのはずだ。周囲に誰かがいた覚えもない。

先程までくるくると表情を変えていたグレアムの顔が、まったく変わらないのもそら恐ろしさを感じる。

ごくり、と喉が鳴ってしまった。

こんな逃げ場もない、あったとしても怪我をしている状態で質《ただ》し、襲われたらひとたまりもないだろう。

それくらいの判断もつかないほど、自分自身も狼狽《ろうばい》していたのかもしれないと後になってから思ったが、それでもシリルは訊《き》かずにおれなかった。

「……あなたが、『狼男』……?」

長年恐れられていた化け物の名前を口にする。

眼前の優しげな顔が豹変《ひょうへん》し正体を知られたら殺さねばならぬと牙《きば》を剝《む》かれ——などということもなく、グレアムはただ、目を瞠った。

そして、次に発せられた第一声は予想していたどんなものとも違っていたのだ。

「——……嬉しい」

そんな科白《せりふ》とともに、彼の美しい瞳に涙が滲む。その反応に戸惑い、シリルは絶句した。

グレアムは慌てたように目元を袖《そで》で拭《ぬぐ》って、「そうなんだ」と肯定する。

「俺、群れからはぐれた人狼族なんだ」

「じんろう……?」

「人間のひとたちは『狼男』って呼ぶんだよね。シリル、俺が『狼男』だって知ってるのに、怖がらないでいてくれるんだね」

嬉しげに言われて、言葉が継げなかった。

じゅうぶん怖かった。

だから逃げ出したのだし、今は驚愕《きょうがく》が先行しているけれど、落ち着いたら恐怖が襲ってくるかもしれない。

そんなシリルの様子に気づくこともなく、彼はまるで、競い合ってしゃべる子供たちのように少し早口で話し続けた。それは、今まで彼が満足に対話をしてこなかったからだと――誰かと話がしたかったのだと、シリルは気づいてしまう。

「そんなひと、初めて会った。人間のひとたちは、俺たちが狼になったりするのを見るとすごく怖い顔をして襲ってくるんだよ。……シリルは、違うんだね。嬉しい」

「――あ……」

もし今、彼が狼の姿だったら、しっぽを振っているだろうというのが容易に想像できるほど、彼は幸せそうに微笑んでいた。

その様子を見て、怪我をしていないはずの胸が、激しく痛む。

――いや、油断するな。

心の中でそう否定し、作り笑いを浮かべる。

「そういえば……他の人狼の方はいないのですか？」

少なくとも、今はこの小屋の中にも周辺にも、彼以外の人狼や人間の気配はない。「群れからはぐれた」と言っていたが、集落《こわば》が別にあるのだろうか。

けれど、グレアムは一瞬表情を強張らせた。

「うん……俺、ひとりだけ。十五年前、十歳のときにこの山に来たけど、その前に誰かがここに居を構えていた感じはなかったかな」

ということは、彼は今、二十五歳。シリルと同じ年齢だ。

「そうなんですか」

グレアムが頷く。その表情は、どこか悄然《しょうぜん》としていた。

「……だから、ここに来たんだ。ここには誰も、いなかったから」

「それはどういう……？」

怪訝に思って問うと、グレアムはすぐに笑顔を作って頭を振った。

「ほら、『人狼』は怖がられてるからさ。誰かと一緒には、いられないでしょ？」

だから人目を避けて暮らしているのだとグレアムは言う。

本当はそれを寂しく思っていて、けれど近寄れば怖がられるから独りを選んだ。本当は誰かと暮らしたいけれど、「狼男」は嫌われているから。自分は、群れを追い出されたから。

そんな気持ちを察してしまい、胸が苦しくなる。同情心を覚えて、シリルはつい「怖くないですよ」と言ってしまった。

グレアムが、青い瞳を丸くする。そして、少し泣きそうな顔で笑った。

「そうだね、シリルは……最初はびっくりしてたけど、俺《おれ》を怖がったり、俺に銃を向けたりはしなかったもんね」

「そう、ですね」

本当は彼を殺そうと思ってここまで来たし、まだ気を緩めてはいけないと思っているくせに、己はなんて嘘つきなのだろうと嗤《わら》う。

怒らせて牙を向けられないようにするための態度を、もし、グレアムが本当に素直に喜んでいるのだとしたら——。いや、と再び内心で否定する。

とにかく、まだ判断材料に乏しい。一応、助けてくれたようだが、いつ寝首をかかれないともしれない。

「あ」

不意にグレアムが上げた声にぎくりとする。

グレアムはテーブルに近づくと、なにかを持ってこちらへ戻ってきた。

「これ……」

彼の掌の上にあったのは、子供たちから「お守り」にもらったペンダントだ。その紐が、切れてしまっている。

「多分、シリルのだと思ったんだけど……」

うかがうような問いかけに頷くと、彼はぱっと表情を明るくした。

「シリルが滑落した崖の枝に引っかかってたんだ。引っ張ったら、紐が切れちゃって……ごめんね」

「わざわざ、拾ってくれたんですか」

崖の枝、という場所にびっくりして問うと、シリルは頭を掻《か》いた。滑落するほどの急な場所なのだから危険も伴っただろうに。

ずきりと胸が痛むのは、己の良心が咎《とが》めているからだ。ぐっと唇を噛み、頭を下げた。

「……ありがとうございます。大切なものだったので、本当に感謝してもしきれません」

「いいよいいよ。なくさなくて良かったね」

「これは、教会で世話をしている子供たちにもらったもので……」

余計なことを言ってしまったと、はっと口を閉じる。相手は、子供を拐って食うと言われている狼男だというのに――。

だがグレアムは「へえ」と感心したような、どこか羨《うらや》ましそうな顔をして頷き、優しくシリルの肩を軽く叩《たた》く。

「そうなんだ？　大勢の人に、シリルは好かれてるんだね。……じゃあ、一日も早く、怪我を治して元気な姿を子供たちに見せてあげないとね」

きっと心配してるよ。微笑みながら、グレアムが言う。

はい、と頷いた自分は、うまく笑えていただろうか。

――言えない。

狼男を――グレアムを退治しに来ただなんて、言えるはずがない。

――彼は本当に、子供を拐って食ったのか――？

現に多くの子供たちが消えている。過去の行方不明者たちもいまだ戻ってこないし、遺体や骨の欠片《かけら》さえ見つかっていない。それは山に棲む狼男が、丈夫な歯でもって骨ごと食らってしまうからだと、そう言われていた。

——わからない。彼の言うことが、嘘なのか本当なのか。

まだ、少し話をしただけで彼の人となりが正確に判断できるとも思えない。

困惑して黙り込んでいると、グレアムは「あっ」と声を上げ、シリルの体を強引にシーツの上に寝かせた。

「ごめんね、まだ具合が悪いのにおしゃべりしちゃって。寝て寝て」

甲斐甲斐《かいがい》しく世話を焼いてくれる目の前の男が本当は凶悪な素顔を隠している、という可能性もなくはないのに、彼の言う通り具合が悪いから寝てしまおうと、半ば現実逃避で瞼《まぶた》を伏せる。

——怪我が治るまで、ここで見張っていよう。

先程もらった解熱鎮痛剤が効いてきたのか、ゆるやかに眠気も襲ってきた。

——もし、彼が私を喰《く》おうとしたのなら、反撃すればいい。人を食べたり殺したりしたら、背後から撃ち殺せばいい……。

囁《ささや》くような声で、グレアムが「シリル、寝ちゃった?」と問いかけてくる。寝首をかかれるかもしれないと頭の隅っこで考えている間に体は眠りにつき始めていて、返事はできなかった。

寒くないようにしないとね、と小さな声で言って、グレアムがシリルの首元まで布団をかけてくれる。ふかふかの羽根布団はあたたかで、まめに日干ししているのだろう、日向《ひなた》のにおいがした。


「百年？　ないない、そんなに寿命長くないよ、俺たち」

芋の皮を削って暖炉の火の中に放りながら、凶悪な人喰い狼男と里で恐れられていた男が楽しげに笑う。

「人狼族も人間とそんなに寿命は変わらないよ。でも、人間のひとからはそんなふうに思われてたのか。面白いね」

「……なんだか、申し訳ないです。偏見ばかりで」

百年もの間、「人を喰う」と恐れられていた、ということは端折《はしょ》って説明したが、やはりどこか「異端」と捉《とら》えていたのだ。

グレアムは「人間」を「ひと」とは言わず、「人間のひと」と言う。それは、人狼も「ひと」なのだということの意識の表れのように思えた。

「接点がないんだもの、しょうがないよ。少なくとも、俺がここに来てから十五年くらいだし」

ふふ、と笑う男の横顔をベッドの上で眺めながら、シリルはこっそりと溜息をつく。

グレアムの世話になり始めてから、もう一週間が経過していた。足を怪我しているため下山が叶わず、そのままグレアムの家に居候させてもらっている。

だが突如増えた居候を厄介がることもなく、グレアムはゆっくりしていきなよ、と笑う。

グレアムは話し好きで、ふたりでいるとよくしゃべった。一方的に話すというよりも、シリルの話を聞きたがることも多い。

グレアムの年齢はシリルと同じ二十五歳で、ひとり暮らし。やけに薄着でいるのは、人狼が寒さや暑さをあまり感じないからだという。

だから大丈夫だと言って、ベッドをシリルに貸してくれているので、彼は暖炉の前の床で寝ているのだ。

家主のベッドを奪っているのが申し訳なくて、けれど彼は、あまり気にならないのでシリルも気にしないでと朗らかに笑う。

――きっと、グレアムは悪い狼男では、ない。

初対面のときから薄々察してはいたが、一緒に過ごせば過ごすほどに、グレアムは非常に優しい心根の青年だとわかった。

人間を喰うどころか、むやみに動物を狩ることもしない。基本的には、己が育てた農作物や備蓄を食べて生きていた。

彼は、あまり物を持たないのだ。修道士のように、清貧を地でいっている。娯楽と言えば本が数冊あるばかりで、それらも彼が子供の頃、両親に与えてもらったものだという。教会と同じ、もしくはそれよりも倹《つま》しい暮らしかもしれない。

――……それに。

上下関係もない、殴られもしない。無償の奉仕を当然のように要求されることもない。身を挺《てい》して庇《かば》わなければいけない庇護《ひご》の対象でもない。ちょっとしたことでも、ありがとうと言ってもらえる。

シリルが二十五歳になるまで、こんなふうに穏やかに過ごした相手はグレアムが初めてだった。

怪我をしているとはいえ、こんなにも世話を焼かれるのも、生まれて初めての経験だ。今の所、見返りを要求されることもなかった。

――そのくせ、「外敵」に知られては不利になるようなことは極力話さないようにしてしまう自分が、本当に嫌になる……。

そしてそんなつもりはないが、グレアムの話を聞いたり質問をしたりする度に、内情を探るような気分にもなった。グレアムは疑うこともなく、あまりに屈託なく自分のことを話してくれる。

「皮剝き終わった？　じゃあこっちに頂戴《ちょうだい》」

「あ、はい」

はっと顔をあげ、剝いた皮の乗った皿と芋の入ったボウルを渡す。

「手伝ってくれてありがとう。上手だね」

「……いえ、怪我のせいでお役に立てないので……」

「全然そんなことないよ。もっと休んでいていいのに」

できる範囲でのことはどうにか手伝うようにしているのだが、彼の生活は農夫とほぼ変わりがないので、一日中外にいることが多い。

「こんなに、家の中が綺麗になったことなんてないよ」

「そんなことありません。この足じゃ、掃除できるところも限られますし」

家の中でできることといえば、料理や掃除や繕い物、生活用品などの修理・修繕などだ。壁や家具などに手をつきながら移動し、できる範囲のことをしているので、さほど役に立っている気もしない。そしてそれも、グレアムは今のように手伝ってくれている。

「話が戻りますが、じゃあ、百年以上も前からいるっていう噂《うわさ》は、どこから出てきたんでしょう……」

「さあ……？　でも、その頃から一切接点がないってことなのかもね。人狼と人間には」

そう言いながら、グレアムは年季の入った鍋の中に芋を入れて、台所のほうへと一旦姿を消した。竈《かま》の火を起こして、再び戻ってくる。

それと同時に、がた、とドアの音がした。来客があったわけではない。

「今日も、風が強いね。雨も続いてる」

この家の扉を叩くのは、雨風だけだ。

連日天気が悪い。怪我をした足で下山できるような山ではないということもあるが、この悪天候がより、自分が里へ帰らないことの理由となっている。

「そろそろ、本格的に雪が降るのかも」

「今年は、例年よりも寒いですもんね。まだ秋なのに、随分……」

シリルがこの山に来た日も、今年初めての降雪のあった日だった。

今は雨だがそのうちに雪も頻繁に、深く降るようになってきて、山は間もなく冬に突入するのだろう。そうなれば、足の具合云々《うんぬん》ではなく春まで下山は叶わない。

「この小屋は大丈夫だけど、外に出るときは気をつけてね。この山は、あんまり地盤が強くないんだ」

土砂崩れが時折起こる。いつもよりも静かな声で、グレアムが言った。

「わかりました、気をつけます」

「うん、そうして。……ちょっと、鍋見てくるね」

そう言って席を立ち、グレアムが台所へと消えていく。それから十数分後、大きな深鉢をふたつ手にして、彼が戻ってきた。それらをテーブルへ置くと、ベッドのシリルに手を貸してくれる。

「大丈夫です、そろそろひとりで立てますから」

「だめだめ。足に負担をかけないほうがいいよ、まだ」

治り初めは悪化させやすいんだからと言って、彼はひょいとシリルを横抱きに抱き上げた。

シリルは細身で小柄とはいえ、一応成人男子だというのに、子供どころかまるで枕を持ち上げるように簡単に抱えてしまうのだ。

グレアムの見た目は人間と変わらないが、やはり人間とは違うのかもしれない、と感じるのはこういうときだ。

グレアムは恐らく怪我に響かないようにするために慎重に、シリルを椅子に下ろしてくれた。

「ありがとうございます」

「どういたしまして。ごはんにしよう！」

食卓に並ぶのは、芋と干した肉の入ったスープ、山で採れた茸《きのこ》や零余子《むかご》、野菜などを串《くし》に挿して塩焼きにしたものだ。

「それじゃあ……」

対面にグレアムが座り、互いに手を組んで食事の前のお祈りをする。

当初、まさか人狼にも祈る習慣があるとは思わなかったので、本当に驚いた。

「……じゃあ、食べよっか」

「はい、いただきます」

組んでいた手を解き、スプーンを手に取る。スープの芋は柔らかく、干し肉の旨味《うまみ》を吸っている。口に入れるとほくほくしていて美味《おい》しい。グレアムも「今日は美味しくできた」と嬉しそうだ。

肉は、一月ほど前に獲ったという猪《いのしし》の肉で、強い塩気がある。暑い時期の肉は油が少ないというが、それが却《かえ》って食べやすい。干し肉はそのままで食べられないことはないのだが、グレアムはスープや料理の調味料として使うことが多いようだ。

「干してない、獲りたてのを食べるのが本当は一番美味しいんだけどね。そろそろ肉もなくなりそうだし、次に獲ったら、シリルに美味しいお肉をごちそうするからね」

「……ありがとうございます、楽しみに、しています。でも、怪我などしないように、無理はしないでくださいね」

シリルの言葉にちょっと照れながら、グレアムは「大丈夫だよ」と胸を張る。

グレアムは、獣も乱獲はせず、一頭一頭を大事に食べているようだった。食べる量もシリルよりは多いものの甚だしく大量というわけでもない。冬の時期はある程度備蓄用のものも狩り貯めるつもりでいるようだが、彼はやはりむやみな殺生はしないだろう。

「そうだ、あとで薬と着替え、渡すね」

「なにからなにまで、本当に申し訳ありません。少しでもお金を」

そんな申し出の途中で、グレアムは笑って「いいのいいの」と首を振った。

彼は時々、農作物や山で採れた木の実や果実、狩った獣などを携えて山を下り、薬や衣類、農具などと交換してくる。

やはり盗んだり奪ったりというようなことは、しない。

当初は、口ではそう言っていても本当はわからないじゃないかと疑う目も持っていたのだが、冷静になってみれば、本当に「凶悪な狼男」ならば、シリルひとりにそんな嘘をついて騙《だま》す意味がないということに気がついた。

——この人は本当に……私の見ている限りは、なにも、乱暴なことはない。

彼の作ったスープを口に運ぶ度に、罪悪感が蓄積していくようだった。

グレアムと一日を過ごしていると、自分は本当に一体なにをしにここまで来たのだろうと、考えてしまう。

グレアムが人を拐ったり、攻撃したりしているなどという疑いは、もう持っていない。彼は毎日のんびりと田畑を耕したり、森に生《な》っている木の実や果物、小動物などを獲ったりして過ごしている。

けれど、完全に疑いを晴らすには、問題がひとつ残っていた。

——じゃあ、いなくなった子供たちはどこへ……？

のろのろと食べているシリルが食事を終えるのを待って、ともに食後の祈りを捧《ささ》げる。

「……人狼の人々も、我らと同じ神を信仰しているんでしょうか」

訊くと、グレアムは組んでいた手を解いて首を傾げた。

「人間のひととは違うんじゃないかなぁ……人狼の神様は、月にあるんだ」

そう言って、グレアムは天井を指差す。つられるように視線を上にあげ、再びグレアムに戻した。

「月？　月の女神様ということですか？」

「人間のひとは月に女神様がいるの？　違うよ、俺もそう言われると曖昧《あいまい》なんだけど、月そのものが、俺たちの神様っていうのに近いのかな？　俺たちの神様は、お月さま」

「へえ……」

「月の出てる日は、力がちょっと強くなる……とか言われてるけど、俺はあんまり実感ないんだよね」

神話などでは月の神の話は聞くが、それのみを対象として信仰するというのは少々違った文化だなと思う。

食後の片付けを済ませると、あとは寝るばかりだ。

グレアムの家には、ランプなどの照明器具はない。暖炉の火や、月明かりのみで夜を過ごす。だから、グレアムと修道士の自分との一日の流れはほぼ大差がない。夜の八時前には眠り、夜明け前には起床するのだ。

「おやすみ、シリル」

そう言って、彼は今日もまたいつもと同様、暖炉の前に寝転がった。

家主なのに、今日も当然のようにそうするのを見て、シリルは身を起こし「あの」と声を上げる。

「なに？」

「あの……お世話になっているグレアムさんを床で寝させて、私がベッドを占領するなんて、やっぱりよくないことだと思うので」

グレアムは眉尻《まゆじり》を下げて笑い、そっか、と首を傾げる。

「気を遣っちゃうよね。えっとじゃあ明日、街で寝具を用意してくるよ。それならいい？」

余計な出費をさせる選択肢を選ばれて、シリルは慌てて首を振る。思った通り、彼にはシリルからベッドを取り返すという選択はないようだった。

「あの、もしグレアムさんが嫌でなければ、一緒に休みませんか」

一緒に、と復唱し、グレアムが目を丸くする。

「ベッドで？　……ぎゅうぎゅうになっちゃうよ？」

改めて確認されて、なぜだか頬が熱くなった。

「あ……っ、却って体が休まらないですよね、すみません」

一体何故そんな提案をしてしまったのかと後悔し、布団に沈む。あまりの恥ずかしさに、壁側に寝返りを打った。

――……馬鹿だ……なんであんなこと言ってしまったんだろう。

羞恥《しゅうち》に火照《ほて》る頬を手で押さえていたら、ベッドがぎしりと音を立てる。はっと振り返ると、至近距離にグレアムの顔があった。

「――」

「じゃあ、お邪魔します」

そう言って、彼はベッドに潜り込んでくる。シリルは細身で小柄とはいえ男ふたりが並べば少々窮屈だったが、床に落下してしまうほどではない。

「あの」

「え？　やっぱり駄目だった？」

問い返されて、首を忙《せわ》しく横に振る。グレアムは「よかった」と言って笑い、何故かシリルを抱きしめた。

不意打ちの抱擁に、シリルは言葉を失《な》くす。月を信仰しているという彼からは、日向のにおいがした。

「あ、の」

くすくすと笑う声につられて視線を上げ、とても近くにあった綺麗な顔に言葉を失う。

「子供のときに戻ったみたい」

嬉しげにそう言って、ぎゅっと抱きしめられる。同じように、心臓もぎゅっとした。

狭いせいもあるのかもしれないが、ベッドの上で誰かと――きっと彼の両親だろう――寝るときには、こうして寄り添っていたのかもしれない。

――私は、子供の頃に大人と眠ったことはないけれど……。

自分が孤児だったからというだけではなく、子供の頃に大人と寝る習慣は、里の人間にもあまりない。ベッドはそれぞれ個別に与えられるし、一般的な家庭では赤ん坊のうちから子供部屋が与えられるのが普通だった。

修道院では時たま、寂しがる子供をベッドに入れてやることもあった。それでも、こんなふうに密着して寝ることはない。

けれど、グレアムは親とこうして寄り添って寝ていたのだ。

――寂しく、なかっただろうか。

親を亡くし、今はひとりで暮らしていると言っていた。こんなふうに寄り添って暮らす家族を失って、独りになって、寂しくはなかったのだろうか。

――寂しいに決まっている。

けれど、彼は人狼だから人里には下りない。寂しくても独りで生きていくしかないのだ。

先程からずっと苦しい胸に手を当てると「あ、ごめん。苦しかった?」とグレアムはほんの少し腕の力を緩めた。

「おやすみ、シリル」

「……おやすみなさい、グレアムさん」

夜の挨拶《あいさつ》のあと、にわかに沈黙が落ちる。

ぱちぱちと火の爆《は》ぜる音、雨風の音に、グレアムの呼吸の音。落ち着くのに、落ち着かない、不思議な気持ちを抱えて、なんだか目が冴《さ》えてしまっていた。

不意に、グレアムが身動ぎをする。

「……シリル、寝ちゃった？」

問いかけられて、「いえ」と返した。

「少し話してもいい？」

「もちろんです」

ほっと小さな吐息が落ちてくる。

「俺ね、ずっと夜が待ち遠しかったんだ」

内心首を傾げる。夜が怖いとか、夜が来たら一日が終わってしまう、と感じることはあっても、夜が待ち遠しいというのは意外な言葉に思えた。

「朝が嫌いだから――俺は、ずっと独りだから」

けれど続いた言葉にはっとする。

「朝が始まったら、俺はまた、ひとりで長い一日を過ごさなきゃいけないでしょ？　……夜が来ると、その寂しい時間がやっと終わってくれるんだって、ほっとする」

一日の終わりにほっとする、という感覚は自分にもある。今日も一日無事に終えられた、と。けれどグレアムの「ほっとする」は、そういうことではないのだ。

寂しい時間はもう終わる。眠っている間は寂しくない。恐らく、そういうことなのだろう。

「だから、冬は好き」

理由は聞かなくてもわかる。他の季節よりも、早く夜が来るからだ。

再び、胸がぎゅっと締め付けられた。

寄り添ってしまったのは、無意識だ。グレアムの腕が強張《こわば》り、シリルの存在を確かめるかのように僅かに力が籠《こ》められた。ぽんぽんと、グレアムが赤ん坊にするようにシリルの背中を優しく叩く。

慰めるべきは自分のほうなのに、と奥歯を噛んだ。

「すごく天気のいい日に山の裏まで行くと、人里が見えることがあるんだ」

人里というのは、恐らくシリルたちの住む里のことだろう。

ここはシリルの里から見て、山の真裏に位置している。だから、里側からはこの小屋の暖炉の煙が――ここにグレアムが住んでいることが見えなかったのかと、遅ればせながら察した。

「すごく、寂しくなる。見える場所に誰かがいるのに、……他の誰かは、寄り添って暮らしてるのに、俺はここでひとりぼっちなんだって思い知る」

だから天気のいい日はそちら側にはあまり行かないようにしているのだと、グレアムは言った。

「でも今は、シリルがいる」

嬉しそうに、優しげな声で呼ばれて、小さく息を呑む。

「……怪我が治るまで……もしかしたら雪が融けるまでの間だし、シリルはきっとすぐにでも帰りたいよね。でも、短い間でも俺は、すごく、嬉しいんだ」

呼吸が止まりそうで、胸が苦しい。返事もできず、相槌《あいづち》も打てなかった。

「……眠ってる？　シリル」

黙り込んだままのシリルに、グレアムが再び問いかける。

眠ってはいなかったが、応えられなかった。なにかしゃべったら、声が震えてしまいそうだったからだ。

反応のないシリルが眠ってしまったのだと思ったらしいグレアムが、消えそうな声で「おやすみ」と囁く。

――騙しているわけじゃない。

ただ、本当のことを言っていないだけだ。

今日まで何度も心中で繰り返した言い訳で自分を誤魔化そうとしてみるけれど、「討伐」しに来たくせにそれを黙って、人のいい顔をしてグレアムの傍にいることに改めて良心が咎めた。

自分のほうが、よっぽど悪人だ。

ずきずきと痛む胸の奥に、確実に彼の人柄に対する好感が生まれているのはもうはっきりと自覚していて、息苦しくて堪《たま》らなかった。

翌朝、毛布のようなあたたかいものに包まれて目が覚めた。――グレアムは、眠っている間に狼の姿になっていたのだ。

初対面以降目にしていなかった美しい銀色の狼はまるで大型犬のようで愛らしく、ついその柔らかな毛並みをもしゃもしゃと触ってしまい、彼を起こしてしまった。

流石《さすが》にグレアムも目を覚まし、そして自分が狼の姿になってしまっていることに気づき、激しく動揺していた。本人は恥ずかしがっていたけれど、それがまた可愛らしかった。

昨晩塞《ふさ》いだ気分で眠りに落ちたシリルは、ちゃんと自分が笑えていることにほっとした。

「今日は絶対外に出ないでね。雪がすごいから」

まだ冬の本番も来ていないというのに、外は吹雪《ふぶ》いていた。赤く色づいた草木が雪を被《かぶ》る景色は目には美しいが、野良仕事ができずなかなか厄介だ。幸い、前日にグレアムが鹿を捕まえてさばいていたのでしばらく食料には困らないし、雪のおかげで肉も腐らずに日持ちする。

「なにかお手伝いできること、ありますか？」

一ヶ月ほど経過したが、足はまだ完治していない。無理やり動かせばまた悪化してしまうので我慢のときだ。

「じゃあ、木の実を擂《す》ってもらえる？」

実際、家でしかできないこともやることが尽きてきてはいるのだが、なにもすることがないのでグレアムもシリルができる用事をなにか用意してくれる。

干して保存してある木の実を、殻を割ってアク抜きし、石皿を使って粉状に擂り潰《つぶ》す。それにはちみつや塩、新鮮なものがあれば鹿などの血も入れて、一口大の大きさに平たく潰して焼くと主食になるのだ。

「いつも面倒なこと頼んでごめんね。自分だとどうしても億劫《おっくう》な作業で……」

「とんでもない。喜んでやらせていただきます」

こういったものは教会などでもよくする作業なので、あまり苦にはならない。方便ではなく彼が本当に苦手な作業なのだとしたら、グレアムの役に立てているようで嬉しかった。

グレアム自身は、夏の間に採取したというマタタビや山ブドウの皮で、籠《かご》や笊《ざる》などを編んでいた。大きなものから小さいもの、複雑な網目のものまで手慣れた様子で何日もかけて編み上げる。グレアムの世話になるようになってから、幾度かその様子を見たが、本当に立派なものができるのだ。

手先が器用なグレアムは、紐が切れてしまった子供たちからのペンダントもすぐに直してくれていた。

「……そういうものも、物々交換に使ったりするんですか?」

「ん?」

ぱっと顔を上げて、グレアムは編みかけの籠とシリルの顔を見比べた。

グレアムは、あまり人里に下りることがない。自分では賄えないもの——直近であれば、シリルの薬や衣類だ——が必要になった際に、目深に帽子を被って物々交換をしに行く。その際に向かうのはシリルの育った丘陵地の里ではなく、もっと遠く、港のほうにある大きな街だそうだ。理由を訊いたら、港には商い人が多く、また、人の流れが多いからだという。

「うーん、殆《ほとん》ど自分用かな」

「でもそんなにいっぱい……」

言いかけて、はっとする。丈夫な籠だし、朽ちる素材ではないのでそんなに作ってもひとりでは使い切れないだろうと思ったが、今まではそんなに数多く作ること自体がなかったのだ。

でも今年は、シリルが厄介になっていて家仕事が減っているので、手慰みに作っているのに違いない。

だがすぐに「罠《わな》作りとかに使うから、結構壊れるんだよ」とグレアムが補足する。それもきっと嘘ではないが、シリルを気遣ってのことだろう。

「グレアムさんが作る籠は丈夫で丁寧に編まれてますし、きっと欲しいっていう人も多いですよ」

「……そうかな？」

シリルの言葉に、グレアムが嬉しげにはにかむ。

「いくつか、私に買わせてください。教会で使います。それと、グレアムさんがよければですけれど市で売ってみませんか？　売るのは私どもでやりますから」

申し出るとグレアムはぱちぱちと目を瞬き、不思議そうな顔をした。何故そんな表情を作るのだろうと怪訝に思っていると、グレアムが口を開く。

「足が治っても、またここに来てくれるの？」

その問いかけに、ほんの刹那言葉を失った。悟られないくらいすぐに「もちろんですよ」と返す。

グレアムはそっか、と笑った。

「——あっ、そろそろ薪《まき》の追加がいるよね。取ってくる」

不意に作業の手を止めて、グレアムが小屋の外へ出ていってしまう。取り残されてから、彼がシリルの申し出の返事をくれなかったことに気がついた。

――やっぱり図々《ずうずう》しかったかな……ありがた迷惑だった、とか。それとも変な気遣いだと思って遠慮された……？

そうっとドアに近づいて、中庭を覗く。薪割り台の前に佇《たたず》んでいたグレアムはこちらに背中を向けており、その顔は見えない。目にゴミが入ったようで、ごしごしと、しきりに目元をこすっている。

静かに部屋に戻ると、しばらくしてからグレアムは外の物置小屋に保存していた薪を抱えて戻ってきた。ついでに薪も割ってきた、と長く席を外していた理由も付け加える。さっきこすっていたからか、目元が少し赤い。

――……薪だって、本当はあまりグレアムさんは必要ないんですよね？

冬に暖炉に薪をくべることは自然なので当初あまり気にしていなかったが、グレアムのような人狼は体温調整ができるようで寒さにも暑さにも強いと言っていた。つまり、吹雪いていても、薄着で過ごせるという。ただ視界は悪いので、コートや帽子の類《たぐ》いはあれば便利だというが。

シリルがいるせいで、平素よりも薪の消費が多いに違いない。そんなことを問い質せば、家が傷まないようにある程度は必要なんだよ、と言われてしまいそうだが。

部屋の隅っこに薪を重ねているグレアムの背中をじっと見つめた。

「ん？　なに？」

注視していたせいか、視線に気づいたグレアムが振り返って首を傾げる。

きっと、自分のせいで薪を、などと言ったら却って気を遣わせてしまう。

「いえ。……狼の姿には、ならないのかなあと」

「えっ⁉」

グレアムが薪を取り落とす。あっ、と言いながら慌てて薪を拾い上げていた。

常に人間の姿をとっているグレアムの狼姿を見たのは二度だけ――初対面のときと、それから初めて一緒に寝た翌朝。

薪と暖炉からの連想でそのことを思い出し、本当はどちらが楽なのだろうかとふと疑問を抱いただけだったのだが、想像以上にグレアムは狼狽《うろた》えていた。その様子に、シリルも戸惑ってしまう。

「何故そんなにびっくりして……」

「あ、いや。ええと……怖く、ないのかなって」

その返事に、シリルは首を傾げる。

「なにがですか？」

思い至らずに問い返すと、グレアムが言いにくそうに口を開く。

「……狼の姿、なのが」

「どうしてです？　全然、怖くはないですよ」

教会では家畜も含めて多数の動物を育てており、羊や山羊もいるので牧羊犬も飼っている。シリルは動物が好きで、特に犬が好きだった。

犬と比べては失礼なのだろうけれど、銀色の狼は美しく、毛並みも柔らかくて、できればまた触らせてほしいと思っていたのだ。

「寧ろ、また見せていただきたいな、と思っていたくらいです」

「……そう、なの？」

「ええ！」

勢いよく頷いてしまい、はたと気づく。もしかしたら、人間にとっての「全裸」のようなものので、あまり人には見せてはいけないものなのかもしれない。

人間だって裸でいれば楽だけれど、おいそれと人前では全裸ではいられないし、不意打ちで見られれば恥ずかしい。見せて、と言われれば躊躇する。

——しまった。もう少し想像力を働かせて、発言には気をつけないと……。

けれど、謝罪をするより早く、グレアムは口を開いた。

「……少しだけなら」

「本当ですか!?」

いいよ、と言うグレアムの声と、自分の声が重なってしまった。

申し訳ないという気持ちがあったはずなのに、反省もそこそこに前のめりになったシリルにグレアムが目を丸くしている。

「あ……」

あの姿を見せてくれると言われてつい気分が高揚してしまった。はっとして口を閉じたが一足遅く、グレアムが困ったように笑っている。

「も、申し訳ありません」

「ううん。そんなに期待されてるなら、応《こた》えたいな」

そう言いながら、グレアムがシャツのボタンを中程まで外しだし、どきりとしてしまう。素肌があらわになった瞬間に、彼の体が淡く発光したように見えた。

グレアムはシリルが二度瞬《まばた》きをしているうちに、まるで奇術のように、長身の美丈夫の姿から美しい毛並みの銀狼へと変化した。

不思議なもので、その姿が毛に覆われ、顔貌《がんぼう》が変わる過程は目に止まらなかった。凝視していたはずなのに、いつの間にか変わっていたのだ。

「わぁ……」

だがその変化の行程よりも、美しく大きな銀狼に心奪われ、感嘆の声を上げてしまう。グレアムの髪と同じ雪のような輝く銀色の毛並み、空のように澄んだ青い瞳。冴えた色味は冷たそうなのに、触れればあたたかいのを知っている。

普通、狼は両手を広げた長さくらいの全長だが、グレアムはもっと大きい。人間の姿のグレアムもシリルより頭ひとつ分くらい背が高いが、それくらいはある。

反射的に触れそうになるのをぐっと堪えて、「触ってもいいですか?」とおうかがいを立てた。「いいよ」と銀狼はグレアムの声で許可をくれる。

「失礼します」

そっと抱きつくと、ほんの少しグレアムが身動ぎした。だが、抵抗はない。連日、家の中に籠もりきりだというのに、やはりグレアムからは太陽のにおいがした。

大人しくしてくれているので、背中や耳の付け根のあたりなどを撫でてみる。少々落ち着かない様子だったが、シリルが撫でやすいようにか彼はずるずると床の上に寝そべった。

「あの、嫌だったりしたら言ってくださいね」

「うん、大丈夫だよ。……わっ、あぅ」

許可を得たので、即座に思いっきりその毛並みを堪能《たんのう》する。

「ちょ……待っ、あははっ」

嫌がられたらすぐにやめようと思ったが、擽《くすぐ》ったそうにしながらも楽しそうにしているので、続行する。

指先に触れる毛並みが、掌から伝わる柔らかな感触とあたたかさが、なんとも言えず気持ちがいい。キリッとした顔の狼が、時折わふわふ言いながら身を捩《よじ》り、ただの狼ならば絶対に立

てない笑い声を聞かせてくれるのも胸がときめく。

犬よりも、ただの狼よりももっとずっと大きな体は、抱きついても嫌がらない。ぐりぐりと顔を押し付けてしがみつく。

無心になって堪能していたら、グレアムが少々息を切らしながら「もうやめてー」と声を上げた。

その訴えを黙殺し、抱きついた両腕でわしゃわしゃと撫でていたら、ふと毛の感触が消えた。

「——も、もうおしまいっ」

シリルの下にいたのは狼ではなく全裸のグレアムで、変身を解いてしまったのだと気がつく。

あからさまに残念な顔をしたシリルの下から抜け出し、グレアムはすぐにシャツを羽織ってしまった。

「……まだ触らせてほしかったです」

つい零してしまった声は、自分でもわかるくらい不服そうだった。

グレアムは形容しがたい顔になり「勘弁して」と吐息混じりに言い、こちら側に背を向けて着替え始める。もう今日は狼には戻ってくれない、ということなのだろう。

だが、後ろを向いているグレアムの発言に、残念に思っていた気持ちが吹っ飛んだ。

「……好きな子にくっつかれたら、落ち着いていられないよ」

ぽつんと落とされた呟きに、目を丸くする。

好きな子、という言葉を反芻《はんすう》し、状況的に自分しかいないのに一瞬「一体誰のことだろう」という疑問が脳裏を掠《かす》めた。

それから僅かに遅れて、自分のことだ、と察する。

こんなふうに好意を向けられることは経験がなくて、無言のまま少々パニックに陥った。

「私、」

返答も思いつかないまま喘《あえ》ぐように口を開くと、着替え終わったグレアムが顔をこちらへ向ける。反射的に口を閉じた。

グレアムはなにも言わずシリルの答えを待っている。

「……男です、けれど」

ようよう返せたのは返事でもないそんな詮《せん》のない確認で、口に出してみてから誠実ではない言動だと少々後悔した。

グレアムは表情を少しも変えずに体ごと振り返り、それからシリルに近づいてくる。怒っているわけでもない相手に逃げ出したくなるのは、先程の自分の態度が真摯《しんし》ではなかった後ろめたさのせいだ。

目線を合わせるように、グレアムが眼前でしゃがみ込む。シリルは微かに息を呑んだ。

「男か女かなんて、俺にはどうでもいいよ」

もしかしたら、独りで暮らしているから性別の差異がわからないとか、人狼同士ならば男同士でもよいのか、と色々な思いが駆け巡ったが、そうではなかった。

「……俺の世界には、俺と君しかいないもの」

向けられた真っ直《ま》ぐ《す》な瞳に、呼吸が止まる。真摯な視線に胸を射抜かれて、身動きが取れなかった。

「どうして、私なんか」

男で、孤児で、「狼男」を退治しにこの山に入った。

生贄に、犠牲にするなら適材適所だと——身寄りも後ろ盾もない男なら死んでもいいと里から判断された、卑小な人間だ。

誰からも必要とされなかった上に殺意を向けた自分など、グレアムに好いてもらう価値なんて、ない。

そんな気持ちを吐露したわけではなかったが、グレアムはどうしてシリルのことが好きなのか、傍にいたいと思ってくれたのかを教えてくれる。

「人の姿も狼の姿もどっちも本当の俺だけど、気を抜くと俺は狼の姿になりがちで」

特に狩りのときは狼の姿のほうが便利だし、服も着なくていいので楽だという。そういうものなのか、とただ聞いていたシリルは、目の前のグレアムが悲しげな顔をしていることに気がついた。

「……グレアムさん？」

眉尻を下げて、グレアムが笑う。

「……本当はね、人狼って、ある程度まとまって人里で暮らすんだ」

「え……？」

自分に対する告白から想定外の話が突然出てきて、目を瞬く。

群れで暮らすのであれば、何故彼は独りなのか――グレアムは答えるように口を開いた。

「……俺、昔住んでいたところで、人間のひとの前で狼の姿になっちゃったんだ」

友達と遊んでいて、夢中になっていたら狼の姿になってしまった。それを住人に見られてしまい、人狼がいると大騒ぎになった。

「人里に『紛れる』ことが、人狼族の鉄則なんだって。……正体がバレたら、もうそこにはいられない」

特定の村落などで人狼同士である程度の共同体を作り、そこで結婚し、死ぬまで暮らす。だが、子供の不始末は親の不始末であり、グレアムと両親は村の共同体からはじき出されたのだという。

両親は、グレアムを責めなかった。家族だけで暮らしても平気だよ、大丈夫、と慰めてくれて、グレアムたち家族は流れ流れてこの山に辿り着いたのだそうだ。

「幸い、先住の人狼はいなかった。山にも、麓の里にも」

「あ……、やっぱりうちの里には、人狼の方はいないんですね」

人里に紛れて暮らす、というので、もしかしたらあの里にもいたのだろうかと考えていた。

グレアム曰《いわ》く、里では人数が少なすぎるのでよそ者が入りにくいのだそうだ。

それにもし、人狼が暮らしているのなら「山に狼男が棲んでいて子供を拐《かどわ》かす」などという不名誉な言い伝えを野放しにはしない、と断定的に言われた。

この山に移り住んだグレアム親子は小屋を建て、何月かに一度両親が街へ物を売りに行ったり交換しに行ったりして、慎ましく暮らしていたのだという。

「この家にある本とか、色々なものは父さんと母さんが買ってきてくれたんだ」

「優しいご両親ですね」

うん、とグレアムが頷く。

「十年前にふたりで仲良く死んじゃった」

「え……」

「この山に、人狼も人間もいなかったって言ったでしょう？　それって、やっぱり理由があるんだよね」

この山は、地盤がゆるいのかもしれないんだ、とグレアムが言う。だから、ひとが住まないのだ。

土砂崩れが起こるのは、シリルも知っていた。里のひとがたまに「また山崩れか」と遠くに見えるこの山をさして言うことがあった。

グレアムの両親は、土砂に巻き込まれて亡くなったという。

「じゃあ、このままここにいるのは危険なんじゃないんですか」

「でも、もう俺には戻る場所もないし。両親が眠るこの場所で、自分もそのまま死んでいこうと思ってる。……だけど皮肉なものでね、なかなかこの山は、俺を飲み込んでくれない」

嫌われてるのかなあ、と冗談めかして笑ったグレアムの手を握ったのは、無意識だった。

グレアムは驚いたように目を見開き、シリルの手を握り返す。大きな手は、微かに震えていた。

「……自分のせいでこんなことになっちゃって、ここに移ったせいで父さんと母さんは死んで、……俺は、怖くて、両親にも申し訳なくて、今でも人里へはなかなか下りられないんだ」

確かに、頻度が多いわけではない。

シリルのために頑張ってくれていた、ということを遅ればせながら知らされる。謝るのもおかしいが、無理をさせたことには違いがない。

「あの、」

「でも、シリルのためならと思うと、頑張れるよ」

そう言って笑い、グレアムは握っていた手をぱっと離す。

「シリルに怖がられたくなかったから、ずっと人間の姿でいるようにしてた」

怖がるなんてどうしてと問いかけて、人間は人狼や狼の姿を見れば怖がる。シリルも、当初はしゃべる狼の彼を見て退避しようとした。

「怖がられたり驚かせたりしたくないし……それに、俺の人間の姿ってそんなに悪くない、んだよね？」

極稀《ごくまれ》に人里に下りると、容姿を褒めてもらえることがあるそうだ。目深に帽子を被っているので髪色は見られないが、「綺麗な目だね」と言われるらしい。

「……シリルには、少しでも俺のこといいと思ってほしくて」

それなのに、「狼の姿が見たい」と言われて当惑したそうだ。

「そうは言ってもやっぱり怖がられたら嫌だな、と思っていたけど……ああ、シリルは本当に俺のこと、狼の姿でも、人から狼に変わっても、怖くないんだなって」

シリルにとっては、本当に何気ないただのお願いだった。

けれど、人狼として忌避され山奥でひっそりと暮らしていたグレアムにとって、それは今まで否定されるべきものだった自身への肯定となったのだ。

「本当はね」

そう言って、グレアムは一旦口を噤《つぐ》んだ。

少々迷うような目をしてから、改めてシリルに向き直る。

「……本当は、シリルは俺を――『狼男』を退治しに来たんだろうなって、なんとなく気づいてた」

思いもよらなかった言葉に、呼吸が止まる。

すぐに否定ができなかった時点で、肯定したも同じだった。

自分は一体どんな顔をしているのだろう、グレアムは眉尻を下げて微笑んでいる。己が作っている表情はわからなかったが、ただシリルが厚顔無恥であることをグレアムにずっと知られていて、申し訳なさや恥ずかしさなどが押し寄せて、息が苦しかった。

グレアムが「シリル」と優しく呼ぶ。宥《なだ》めるような声音に、ぎくりと肩が強張った。

「いいんだ。それでも、いいんだ。そうじゃなかったら、こうしてシリルと仲良くなれることなんてなかったでしょ？」

「……そんな」

ただ泣きそうになって、言い訳を飲み込む。ここでの涙と言い訳は、己の慰めにしかならない。自分は慰められてはいけない。

大きな掌が、躊躇うようにシリルの頰に触れる。毛のない、野良仕事で荒れた手は、泣きたくなるほどあたたかかった。

「だから男か女かなんて、どうでもいいよ。……俺の世界には、俺と君しかいないから」

捕食されるような恐怖に似ている感情に襲われ、けれどグレアムがそんなことをしないともう知っているから、この感情は己の疚《やま》しさなのだろうと自覚する。

「俺には君以外いないし、きっとこれから誰と出会っても、君が好き」

君にとっては、今までと、これから会う沢山のひとの中のひとりにしかすぎないだろうけれど。

グレアムが微かに笑って、触れていた手を離す。

咄嗟《とっさ》に彼のシャツを摑んで引き止めたのは、無意識だった。グレアムはシリルの行動に目を瞠り、どうしてか「ごめんね」と謝った。

まるで告白したのがシリルで、断ったのがグレアムのような構図だ。

「……グレアムさん」

女性に恋愛的な意味で触れてはいけないと戒律で決まっていたし、男性とはそんな行為をする気も、機会もなかった。そんな目で見られたこともない。きっとこのまま自分は独りで一生を終えると、シリルは聖職者になろうと決めた日からずっと思っていた。

けれどそれは、グレアムの「独り」とは根本的な意味合いが違う。

自分よりも彼に相応《ふさわ》しい人はいる。そんな逃げ口上のような返事は、きっと孤独なまま死ぬ覚悟をしていたグレアムにはなによりも無意味で不誠実だ。

「グレアム、さん……」

「……シリル」

縋《すが》るような情けない声を出したシリルの項《うなじ》を、グレアムが引き寄せる。いつもの彼より少々荒い仕草で、傾いだ体を支えられた。

「嫌なら、言って」

そう呟いて、グレアムの美しい顔が近づいてきた。鼻先が触れるほどの距離まで詰めてから、グレアムは苦しげに「シリル」と呼んだ。

「嫌って言って」

数秒前と似て非なることを言って、グレアムが「お願い」と請うて奥歯を噛む。

嫌なことはなにもなかった。自分がなにをされるかも、多分わかっていた。けれど、グレアムの要求する拒む言葉は、己の唇からは零れない。

このとき、本当はどういう行動を取るのが最善か、よくわからなかった。

「グレアムさん」

グレアムのシャツをきゅっと握ると、唇が重なった。その勢いの良さや少々荒い動作の反面、重なり触れるだけの口付けだ。

呼吸も互いに止めて、数秒で離れた唇は、名残り惜しげにシリルの唇の横を啄《ついば》む。グレアムは、シリルの首筋に顔を埋め、両腕で抱きしめてきた。

「……好き」

子供のような拙《つたな》い、けれど本心以外はうかがえない言葉で、グレアムが言う。

「ごめんね、好き」

こんなふうに求めるように告白された経験も、シリルにはなかった。

けれど、この期に及んでなにも返せないのは、自分にどうしようもない後ろめたさがあるからに他ならない。

なにも言わないことも卑怯《ひきょう》だと思ったけれど、誠実にただ告白をしてくれたグレアムに同じ気持ちを返すには、まず片付けなければならないことが多かった。

そっと背中を抱き返すと、グレアムは消え入りそうな声でもう一度「好き」と言った。


告白をされてキスをしたからといって、ふたりの関係性にはなんの変化も訪れなかった。

家の中では一緒に過ごし、同じベッドで眠り、シリルは家のことを、グレアムは農作業や狩りなど外でのことをして暮らす。

数日が経過しても告白の件について互いが触れることはなかったが、どちらからともなく、距離感が近づいた。

時折、視線が合ったり会話が途切れたりしたときに啄むだけのキスをすることもあったが、特に進展もなくただ寄り添うように暮らして、土砂にも雪崩にも巻き込まれることもなく冬を無事に越した。

吹雪くことが殆どなくなった頃、やっとシリルの足が概《おおむ》ね快復した。小さな鈍痛が走ることがあるが、問題なく歩行することはできるようになったのだ。

山肌に雪が残るものの山の裾野の雪がある程度融けた頃には、多少なら飛び跳ねても平気なほどになった。

「……無理は絶対駄目だからね」

「大丈夫ですよ」

連日の晴天のお陰で僅かに残っていた道の雪が融けたこともあり、機能回復訓練も兼ねて果実や山菜採りに連れ出してもらう。

小屋の直ぐ傍《そば》にまで出ることはあっても、家の中で過ごす時間がだいぶ多かったので、久しぶりの外の空気に少々気分が浮き立った。

グレアムお手製の大きな籠を手に、やる気はじゅうぶんだ。

一方で、足を心配してくれているのか、グレアムはどこか浮かない表情でいる。

「行きましょうか」

「くれぐれも、足元は気をつけてね。滑りやすいから」

目当ては冬苺《ふゆいちご》や枸杞《くこ》の実、百合根《ゆりね》などだ。冬苺や枸杞の実は、薄ら残る白銀の中にあると、ぽつんと赤く浮かんで見えるので見つけやすい。

「あ、あそこにも……ここにも！」

少々欲張って手を伸ばしていたら、足元がおろそかになり滑らせた。だがすぐに、背後にいたグレアムが支えてくれる。

「す、すみません……」

注意されたことも忘れて子供のようにはしゃいでしまったことも、密着していることもどちらも恥ずかしくなっていると、グレアムはしょうがないなあとでも言いたげに苦笑した。

「教会で面倒を見ている子供たちが好きなので、つい夢中で……」

とは言っても、今採ったものを彼らに与えられるわけではないのに、倣《なら》いのように自然と子供のことを考えてしまっていた。

「……ちょっと遠いんだけど、枸杞の実がいっぱい生ってるところがあるよ。行ってみる？」

「いいんですか？　……えっ？　わぁ！」

言うが早いか、グレアムはシリルの体を横抱きに抱き上げた。慌てて籠を抱え直して目を白黒させていると、グレアムが「落とさないようにね」と笑う。

「あ、歩けますから」

「山の裏だから結構遠いよ。そこまで運ぶだけだから」

そう言うなり、グレアムはものすごいスピードで走り出した。まるで平地を走るように、それ以上に速い足取りで、振り落とされはしないだろうけれど思わずグレアムに身を寄せてしまう。

到着したのは、グレアムの小屋がある場所のほぼ真裏で、山の中腹よりも下の位置だと教えられる。そこには彼が言った通り、赤く色づいた枸杞の実が沢山生っていた。

それこそ、斜面を登っていかなくても手を伸ばせば届く場所に無数にある。

——あ、だから……。

手つかずなのは、シリルの住んでいた里が近いこともありグレアムはあまり寄り付かないところだからだろう。

まだ足が治ったばかりのくせにシリルが欲張って斜面を登ろうとするから、そうしなくてもいいようにとここに連れてきてくれたに違いなかった。

羞恥を抱えながらちらりとグレアムを見ると、彼はにこっと笑う。

「……ありがとう、ございます」

「どういたしまして」

グレアムとしゃべっていると、こうして胸が擽ったくなる場面が多い。最近とみにそんなことが増えて、心拍数はいつも落ち着かない。

——時々、キスもするのに。

目が合って、話をするだけで、キスをしているときと同じくらい胸が騒ぐのだ。

火照る頬を誤魔化すように、無心になって実を採取する。ふと、同じように枸杞の実を採っていたグレアムが遠くを見るように顔を動かした。

「グレアムさん？」

怪訝に思って名前を呼ぶと、彼は「誰か来る」と短く発した。

「え……」

この「狼男の山」には誰も立ち寄らない。けれど、もしかしたら行方不明になった子供の親が、戻らないシリルを諦《あきら》め、雪融けを機に山狩りなどをしないとも限らなかった。

けれどグレアムの瞳に警戒の色は浮かんでいない。彼は小さく「子供だ」と呟いた。

「子供……⁉」

「多分、ひとりだけ」

この山に「人喰い狼男」は確かにいないが、慣れぬ冬の山道を子供がひとりでうろついているのは危険だ。

どうすれば、と動揺しながらシリルは籠を抱えて立ち上がる。やがて、シリルの耳にも少年の声が届いた。そして、その声に覚えがあって目を瞠る。

「サミー……？」

「知り合い？」

驚くグレアムに、多分、と頷く。

ブラザー・シリル、と呼びかけるその声は、教会で面倒を見ている孤児の少年のものとよく似ていた。

「サミーだとしたら、どうして……？」

困惑している間もなく、声が近づいてくる。

思わず「サミー？」と呼びかけると、声が一瞬途切れた。

「……ブラザー・シリル⁉　いるの？　どこですか⁉」

シリルはグレアムを振り返り、逡巡《しゅんじゅん》してから「ここです、ここですよ」と声をかけた。ブラザー・シリル、と呼びかけるのが近づいてくると、枸杞の実のような色の頭が現れる。

「サミー！」

「ブラザー・シリル！」

わっと声を上げて、見覚えのある少年、サミーが駆け寄ってくる。飛び込むように抱きついてきた少年を支えきれずたたらを踏むと、背後からグレアムが受け止めてくれた。

「本物⁉　ブラザー・シリル、やっぱり生きてたんですね！」

抱きついたまま、サミーは緑色の目を輝かせてシリルを見上げる。

「サミー、どうしてここに……ひとりなんですか？」

「はい！　……ええと」

そばかすの可愛い、綺麗な顔立ちの少年は、初めてグレアムの存在に気づいて怪訝な顔をする。グレアムは「こんにちは」と言って優しく笑った。サミーもなにか言いたげにしながらも「……こんにちは」と返す。

「俺、ブラザー・シリルを助けに来たんです！」

「助けに、って」

「大人たちは、ブラザー・シリルはもう狼男に喰われて死んだって言うんです。ブラザー・シリルが帰ってこないから、探しに行こうって言ったのに、誰も取り合ってくれなくて。だから、俺ひとりでも探しに行くって。ちびたちも来たいっていったけど、あいつらまだ子供だから」

それで、雪の降っていない日、そして冬を越してから、サミーは何度もこの山に入ったのだという。

「サミー……」

彼は今預かっている子供たちの中では年長者の部類ではあるけれど、まだ十歳になったばかりの子供である。けれど、シリルのためを思って山を登っているのだと知れば、叱《しか》るに叱れない。

大人たちはシリルを「使い捨ての駒《こま》」程度にしか思っていなかっただろうから生死に興味などなかっただろうが、子供たちはずっと、心配してくれていたのだ。

「……連絡もせずにごめんなさい、サミー。足を怪我してしまって下りられなかったのです」

サミーはシリルの足を見て、はっと距離をとった。

「ごめんなさい、痛い？」

「いえ、もうだいぶ良くなっているので、大丈夫です。……この人のお世話になって」

里の人間に紹介してよいものか迷ったが、背後に控えているグレアムを指し示す。サミーはまだ警戒しているようだったが「そうなんですか。ありがとうございます」と礼を言った。礼を言われるとは思わなかったのか、グレアムは戸惑いながらも嬉しそうに微笑む。グレアムの綺麗な顔に、サミーは少しだけ恥ずかしそうにした。

「いずれ下山します。だから、他の子たちにも心配しないでと伝えていてくれますか」

そうお願いすると、わかりましたとサミーが頷く。

「……それから、できれば、この山に住む人の世話になっていることは、内緒にしていてくれませんか」

「……？　ブラザー・シリルがそう言うなら、わかりました」

疑問を浮かべながらも、サミーは承諾してくれる。ほっと胸を撫で下ろした。

いくら年齢よりはしっかりしたところがあるとはいえ、子供を介しての説明ではきっと混乱する。

なにより、「本当は狼男はいなかった」「山には男性がひとりで暮らしている」とだけ伝わってしまうと、里人たちがぞろぞろやってくる可能性もある。

平穏に暮らしたいグレアムは困るだろうし、万が一なにかあっては申し訳がたたない。

――……グレアムさんの意見や意向も聞きたいし、尊重したい。

もし話が伝われば、身の振り方を変えるしかなくなる。

狼男であることを隠して、他者と交わりたいか。それともこのままひっそりと暮らしていきたいか。或いは別の場所へ移るか。

尊重したいという気持ちに嘘はなかったけれど、「じゃあこれを機に色んな人のいる場所で暮らしたい」と笑顔で喜ぶグレアムを想像したら、ずきりと胸が痛んだ。

その意味を思って、自分はなんて身勝手なのだろうと嫌悪する。

独りでいると諦めている彼が、誰かと過ごせるのならばそれは良いことに違いないのに。まるで友達が別の子と遊ぶのに嫉妬《しっと》する子供のような独占欲だ。

——偽善者。

紛れもなく、自分はグレアムに対し、特別な好意と独占欲を抱いている。もう薄々感じていたけれど、明確に自覚した。

——私の気持ちは置いておいて、どういう選択をするかはグレアムさん次第だから……グレアムさんの気持ちを聞かないと。

それればかりは当然の判断としながら、シリルはサミーの頭を撫でた。

「じゃあ、よろしくお願いしますね、サミー」

「はい！」

「あ、そうだ。せっかくだからこれ、持っていきなよ」

グレアムは、麻袋に入った枸杞の実をサミーに渡す。サミーは袋の中を覗いて「いいの？」

と目を輝かせた。驚いて、シリルも「いいんですか？」と訊く。

「うん、いいよ。いつでも採れるし、好きだって聞いたから」

だから持っていきなよと笑うグレアムに、サミーは目を輝かせた。

「なんかよくわかんない兄ちゃんだなって不安だったけど、いい人じゃん！」

たったそれだけで、サミーの中でグレアムは「よくわからない兄ちゃん」から「いい人」へ格上げされたらしい。

「サミー！」

明け透けに失礼なことを言ったサミーを叱ると、ごめんなさぁい、と彼はぺろっと舌を出した。

「でも本当のことでしょ。兄ちゃん、ブラザー・シリルをよろしくな！」

シリルはグレアムと顔を見合わせて笑った。

「じゃあ、俺帰りますね！　兄ちゃんのことは内緒にしとけばいいんですよね？」

くるりと踵《きびす》を返し、小走りで走り出したサミーに待ってくださいと声をかける。

「サミー、もう日も暮れますし、麓まで送ります」

「足治ったばかりなんだからいいよ！　大丈夫ですって、もう何回も来てるんだから！」

「サミー！」

すばしっこい彼は、あっという間に山を駆け下りていく。

慣れた道でも山ではなにがあるかわからない。追いかけるより早く、グレアムがぽんとシリルの肩を叩いた。

「心配だから、山道の入り口に下りるまでこっそり付いてくよ。あの子の言う通り、足が治ったばかりで無茶は禁物」

「す、すみません……！　よろしくおねがいします」

「任せて」

にこっと笑って、グレアムは距離を取りながらサミーのあとを追っていく。その場で一時間ほどやきもきしながら待ち、西の空がほんのり茜色《あかねいろ》に染まり始めた頃にグレアムは戻ってきた。

「おかえりなさい、大丈夫でした？」

「うん。サミーは無事、山を下りてったよ」

ほっと胸を撫で下ろすと、ちゃんと見つからないようにしたからね、と言い添えられた。それからやにわに、グレアムはいつものようにシリルの唇にキスをした。

不意打ちの口付けに、「んっ」と声を上げてしまう。それがなんだか恥ずかしくて口を押さえると、グレアムは軽々とシリルを抱き上げた。

「体が冷えちゃったね。急いで帰ろ」

「……はい」

シリルが自力で歩いたら、小屋に着く頃には夜になってしまう。それを自分への口実として素直に頷くと、グレアムは嬉しげに笑った。

帰り道、やけにそわそわしているというか、浮かれている様子のグレアムを怪訝に思い「なんだか嬉しそうですね」と問いかける。

グレアムは「んー？」と上機嫌で相槌を打ち、だってさ、と笑った。

「シリルの家族に『よろしく』ってお願いされたのが嬉しくて」

先程のサミーの言葉が、彼にとっては嬉しかったらしい。そして自然に彼を「家族」と呼んでくれた。

「そ、そういう意味じゃ……」

「うん、でも嬉しかったんだぁ」

幸せそうに破顔するグレアムの照れが、触れた部分を伝って自分にも伝染《うつ》ってしまう。

殊更に否定するのもおかしくて、ふたりで真っ赤になりながら帰途へついた。

その夜、二人でベッドに入ってすぐに「一旦帰ろうと思います」と伝えると、グレアムはまるで予想していたように「うん、わかった」とあっさり頷いた。

帰り道から今に至るまで、シリルは自分の身の振り方をずっと考えていた。

グレアムがどうしたいか、彼の希望に添った方向性でいきたいと考えてはいたが、同時に自分のことも考えなければならない。

夕飯時に訊いたグレアムの意向は「山は下りない」ということだった。

——ただ、里のひとに『狼男』がいるかどうか……『狼男がどうなったか』を伝えるのは、シリルに任せるよ。

狼男は存在しているが、放っておいていいと言うか。狼男を退治した、と嘘をつくか。もしくは、一切を黙っているか。

グレアムの一言を聞いて、どうしたいのか、どうするべきかを決めなければならないと思った。

出した結論は、一旦帰って自分の無事をしらせ、そして「人喰い狼男などいなかった」ということを伝えることだった。

グレアムの存在はいたずらに混乱を招くだろうし、なによりも所在が摑めない子供を探し、解決に導くのが、本来の最優先事項だからだ。

「狼男がいた」「狼男を退治した」というのは、本来の問題解決を阻害する。

「……怪我もある程度治りましたし、歩いてみて思いましたが、早朝に出れば日が暮れる前には下山して里に戻れるだろうと——」

「いいよ。麓までは俺が送ってく」

――……そんな、まるで早く追い出したいみたいに。

そんな穿《うが》った考えが過《よぎ》った瞬間、隣に寝ていたグレアムが覆いかぶさってきた。寝ているうちに抱きつかれたりすることはあったが、互いに起きていて体が重なるのは初めてで、びっくりする。

「グレアムさ……」

どうしたんです、と問いかけた唇を、キスで塞がれた。

「ん……」

ちゅ、ちゅ、と音を立てて啄んでいた唇は、ゆっくりとシリルの唇を開かせた。優しい口付けに自然と瞼が落ちる。

――いつもと、なにか違う……？

でもそれがなにかわからないまま、キスに没頭する。

無意識にグレアムの背中に手を回したら、そっとシャツの裾を捲られた。熱い掌が、薄い腹に触れる。

思わずびくっと腹筋を震わせると、手が止まった。

「あ、の……」

「……シリル」

両腕で抱き込まれ、グレアムの唇が頬、耳の下、首筋に移動していく。肌を触れられる感触に、体がぞくりと震えた。

「グレアム、さん」

呼びかけると、グレアムはそっと顔を上げた。見下ろす瞳は、いつもと同じ優しい目をしているのに、どうしてか喰らいつかれてしまいそうな雰囲気がある。

喰われそう、と思うのに怖くない。怖くないどころか胸がどきどきしているのを自覚し、困惑する。

頬にかかる銀色の髪を耳にかけて、グレアムが小さく息を吐いた。

「……すごく、今更なんだけど」

「は、はい……?」

「シリルみたいな聖職者って、こういうことしちゃ駄目……?」

こういうこと、と反芻し、かっと頬が熱くなる。

経験はないけれど、グレアムが意図していることは流石にわかっていた。こくりと唾《つば》を飲み込み、なんと答えたものか迷う。

「うちの宗派は、その……女犯が駄目で」

「女犯？」

「女の人とは、駄目なんです、それで、その」

この答え方ではまるで、だから大丈夫ですよと両手を広げるようなものだっただろうかと惑乱する。

けれどその返答を聞いて何故か、グレアムは盛大に顔を顰めていた。

「ぐ、グレアムさん……？」

どうして怒っているのだろうとびくついたシリルに、グレアムの眉間《みけん》の皺が深くなる。

「それは……その、他の男と、したことがあってそういうこと……？」

ぐる、とまるで獣のような唸《うな》りが彼の喉から聞こえてきて、一瞬なにを言われているのかわからなかった。

けれど、すぐに意味がわかり、「違います！」と怒鳴ってしまう。

「そういう意味じゃありません！　女性ともしたことないし、だ、男性とだってありません！　私は、グレアムさん以外とは」

まともに口付けだってしたことがない、と暴露しかけて慌てて口を閉じた。

だが、言わずともわかったのだろう、グレアムは「そっかぁ……」と言って、彼もまた赤面した。

「……そっか、うん」

ふふ、と笑って、グレアムの唇が重なってくる。小鳥が啄むようなキスをしながら「ごめんね、誤解して」と言われたが、ぷいと横を向いた。

こんな態度を取ったのも、グレアムに対してが初めてだ。それは自分がどんな態度をとっても、グレアムに嫌われるという不安を抱いていないからに他ならない。

「シリル……明日は麓まで送るから、無茶はしないから」

「……はい」

はあ、と熱っぽい息を吐き、グレアムがぐっと体を寄せてくる。

「あのね、朝まで、俺といてくれる？」

いつも一緒にいるけれど、そういうことではないのだ。もちろんですと答える代わりに、シリルは自らグレアムの唇にキスをした。


「ごめんね、シリル。……痛い？」

「……平気、です」

俯《うつぶ》せになって枕に顔を埋めたまま、首を横に振った。

時間をかけてゆっくりと開かれた場所には、グレアムの指が入っている。オイルを使って時間をかけて拡げられたところは火照って痺《しび》れていた。

最初は指一本でも辛《つら》かったのに、もう痛いのかそうでないのか、感覚がないほどだった。羞恥と興奮と緊張でシリルの呼吸は浅く、酸欠状態で頭がくらくらする。

「本当に痛くない？」

「痛くない、です……けど」

けど？　と手が止まる。おろおろと顔を覗き込まれて、「恥ずかしくて死にそうです」と返したら、何故か嬉しそうな顔をされた。

「ん……っ」

指が抜かれ、力なくシーツに沈んでいた腰を摑んで引き上げられる。腰だけを高くあげるような恰好《かっこう》をさせられて、これ以上熱くなることはないと思っていた己の頬が、更に熱を帯びた気がした。

膝《ひざ》を軽く開かされ、尻を捲《まく》られる。熱いものがこすりつけられた感触に「待ってください」と声を上げてしまった。

ぐ、と名残惜しそうに押し当てられたが、グレアムはちゃんと待ってくれた。

「……なに？　どうしたの？」

「あの、……顔を見ながら」

したい、というのが憚《はばか》られて口を噤む。

なんてはしたないことを要求してしまったのだろうと後悔するより先に、ころんと体を返された。

涙目になったシリルを見て、グレアムが微笑む。

「顔を見ながらって、こういうこと？」

「は、い……」

やっぱり言わなければよかった、と後悔して泣きたくなったが、グレアムは破顔してシリルの額に彼の額をぶつけてきた。

「ほんとだ。こうすると、お互いの顔がちゃんと見えるんだね」

嬉しそうに笑ったグレアムに、羞恥も限界にきていたシリルはほっと息を吐き、少し涙が出そうになった。

そんなシリルの目元にキスをして、グレアムは目を細める。

「……痛かったら、言って」

「んっ……、……ぅ……っ」

つんと固く熱いもので幾度か尻をつついてから、グレアムがシリルの中に入ってきた。

――おっき、い……。

体の中に、熱くて大きなものが押し入ってくる。無意識に逃げた腰を抱かれて、更に深く嵌《は》められた。

「あ、ぅ」

「苦しいね、ごめんね」

唇を嚙み、目を瞑《つむ》って必死に首を振る。大丈夫です、と言いたいが、腹と胸が苦しくて声が出せなかった。

だが本当に苦しかったのは最初だけで、少し過ぎると体が馴染《なじ》んできて息が楽にできるようになる。

いつの間にか強く瞑っていた瞼を開くと、至近距離にグレアムの顔があった。

心配そうな、けれどどこか煽情的《せんじょうてき》な表情をしている彼に、ぼんやりと見惚《みと》れる。グレアムは小さく息を吐いた。

「まだ苦しいよね」

「少し……でも、大丈夫です」

嘘ではないがちょっと無理をして言えば、グレアムに頭を撫でられる。それだけで、強がりではなく本当に少し楽になった気がした。

汗で張り付いた前髪を払われ、額に口付けられる。ありがと、と言われて赤面してしまった。

「ごめんね、苦しい顔してるの、わかったんだけど……」

どうしてもおさえられなくて、とグレアムが恥ずかしそうに呟く。

胸の奥にじわりと擽ったい気持ちが滲んで、シリルは頭を振った。

「いえ、苦しいばっかりでもないですから」

繋《つな》がったところが脈を打っている。痛くて苦しいばかりでもないのは本当で、繋がった部分が痺れている感覚があった。

「動くけど……痛かったら言ってね」

同じことを何度も確認するグレアムに笑って、その広い背中を撫でる。

「大丈夫ですから。……してください」

はしたないかな、と思いながらもそう請うと、グレアムはうっと呻《うめ》いて前屈《まえかが》みになった。

「ごめん、もう我慢できないかも」

「大丈夫で……——あっ」

グレアムが、ゆっくりと抜き差しを始める。

我慢できない、なんて言ったくせに、グレアムの律動は優しい。決して乱暴にはしない。人を喰うなどと言われて恐れられていた狼男は、人間に優しく触れる人狼だった。彼に大事にされているのが自分でもわかって、その彼がシリルを抱いて幸せそうな顔をするのが嬉しくて、体の中があたたかいもので満たされていく心地がした。

「ん、ん」

揺さぶられる度に声が漏れるのが恥ずかしい。

経験のないシリルには「快楽」というものはよくわからないものの、初めて触れた人肌は心地よく、気持ちよかった。

グレアムの両腕に抱きしめられて、唇が重なる。

「シリル」

「は、い」

「……好きだよ」

いつも通りの優しい声音だったけれど、そこにほんの少し、強い欲を感じる。普段は比較的、子供っぽくて可愛いしゃべり方をするグレアムの声は、色っぽく掠れていた。

そこには、不純物などなにも混ざっていないシリルへの好意と、捕食願望のような強い欲求が感じ取れた。

いつも穏やかな彼の瞳に獰猛《どうもう》な色が浮かんでいる。

ぞくっと体が震えたのは恐怖心からではない。紛れもなく、昂《たかぶ》りを覚えたからだ。

「……あっ……？」

そう自覚した瞬間に、グレアムのものを受け入れている箇所から、じわじわと擽ったくなるような甘い痺れが湧き上がってくる。

今まで経験したこともない感覚に戸惑い、反射的にグレアムの胸を押し返した。

「どうしたの？」

「あの、……あっ、な、なんだか……」

グレアムのものが行き来する度、体が震え、跳ねる。

「や……、あぁ……っ」

自分の体が自分のものではなくなってしまうような焦りを覚えて、グレアムの腕の中でもがいた。けれど、グレアムは抵抗をものともせずにシリルの体をがっちりと捕らえている。

先程までは苦しいばかりだった浅い場所を何度も擦られ、鳩尾《みぞおち》や下腹のあたりが誤魔化しようもない疼《うず》きを訴え始めた。

「待って、あ、……あっ……！」

知らない感覚に怯《おび》えて逃げるシリルを許さず、グレアムは強引に体を揺らす。

今までで一番深い場所まで嵌められたのと同時に、シリルは小さく悲鳴を上げた。けれども痛くはなくて、顔が熱くなる。

「シリル、逃げないで」

「だって……、あっあ、いや、嫌ですっ」

いや、と上ずった声で泣きながら首を振った。

腹の奥がきゅうっと切なくなって痺れ、大声を上げたいような、どうしようもない不安に胸が襲われる。

自分がどんな醜態を晒《さら》すのかわからなくて怖い。

逃げる体を両腕で抱き竦《すく》められたまま、なす術《すべ》もなく何度も何度も腹の奥を責められた。

「あう、あっ」

どれくらい突かれた頃か、臍《へそ》の上のあたりを擽られているような感覚と、息苦しさが同時に襲ってくる。

グレアムの腕を掴み、無意識に爪《つめ》を立てたのと同時に奥を強く突き上げられた。

「あっ……？」

ふっと落下したときと似た感覚に襲われ、仰《の》け反《ぞ》る。

「……や、ぁ……あぁあ……っ！」

気がついたら声を上げて、達していた。

互いの腹の間で擦れていたシリルの性器から、とろとろと精液が溢れているのが目に入る。

「いや……」

強烈な羞恥にぽろぽろと両目から零れた涙を、グレアムが舌で舐《な》め取《と》る。

そういうところは少し狼っぽいな、と真っ白になった頭で最初に思ったのはそんなことだった。

「ごめんね。痛そうじゃなかったし、シリルがすごく可愛かったから……つい我慢できなくてがっつしちゃった」

「そ……」

そうですか、と言いかけてはっとする。

痛そうじゃなかったから、という発言に、グレアムにずっと顔を見られていたのだと悟った。

——そういえば。

お互いの顔がちゃんと見えるんだね、と最初に言っていたのを思い出してしまう。

本当にじっくりと顔を見られていたのだ。シリルには、グレアムの顔を見ている余裕なんて全然なかったというのに。

ただでさえ火照っていた顔が、更に熱くなる。シリル？　とグレアムが不思議そうに呼びかけてきた。

「も、見ないでください……恥ずかしい……」

自分はどんな顔をしていたのだろう。

きっと、嬉しくて幸せそうな顔をしていたのに気づかれていたし、絶対変な顔をしていたに決まっている。

恥じらって目を潤ませるシリルに、グレアムが首を傾げた。

「どうして？　すごく可愛い。俺が言うと冗談に聞こえないかもしれないけど、食べちゃいたいくらい可愛い……」

はあ、と熱っぽい溜息をついてキスをしながらグレアムが言う。

「も……、あっ、待っ」

キスをしながら、グレアムが律動を再開する。一足先に達してしまったシリルと違い、中に入ったままのグレアムのものはずっと硬かった。

先程までとは比べ物にならないくらい敏感になっている中を、硬いもので容赦なく擦られる。

「待って、止まって……！」

懇願するも、グレアムは止まってくれない。とてもじっとしていられなくて、足をばたつかせて抵抗したけれど、グレアムの腕力には全く敵わなかった。

「ごめ、あと少し……っ」

「やあっ、ぅ、……うぅー……っ」

激しく中を責められて、泣きながら首を振る。

痛くも苦しくもない、けれどどう形容すればいいのかわからない自分がおかしくなってしまいそうな初めての感覚に、嗚咽《おえつ》を漏らした。

「っや、……あ、また、嫌ですっ……」

不意に、さっき味わった強烈な感覚に襲われて、震えながら頭を振る。

「うん、いいよ」

なにがいいのかわからない。よくない。そう答えたいのに、体は寸前まで追い詰められていて声が出なかった。

「っ、あ……！」

「シリル……っ」

反らした背中を苦しいくらいに抱きしめられて、一際強く突き上げられた。

びく、びく、と跳ねるシリルの腰を、グレアムが腕で強く押さえつけている。グレアムの放った熱いものを、シリルは僅かばかりも逃げられないまま全て受け入れた。

「っ……」

熱い吐息が肩口にかかる。硬かったグレアムの体がふっと弛緩《しかん》し、ベッドの上にシリルの体を下ろしてくれた。

くったりと倒れたシリルの唇に、グレアムは触れるだけのキスをしてくれる。子供にするように頭を撫でられ、その心地よさに瞼が落ちそうになった。

「ずっと、こうしてたい」

「それは、ちょっと……」

生真面目《きまじめ》に返せば、グレアムはふにゃっと表情を緩めて笑った。また、唇を奪われる。

「……好きだよ、シリル。大好き」

拙い言葉で、グレアムが繰り返す。嬉しくて、なんだか笑ってしまった。

「好き。大好き。本当に、好き」

「……私もです」

だから、嬉しい気持ちのまま、そんなふうに返す。グレアムは微かに目を瞠った。

「私も、あなたが……グレアムさんが好きです」

グレアムはすっと無表情になり、シリルの上に覆いかぶさってきた。シリルの首元に、顔を埋めている。

「……ずっと、こうしてたい」

ついさっき口にしたばかりの言葉を、もう一度グレアムは言った。迷い子のような頼りなく不安げな声色に、シリルはグレアムの広い背中を撫でる。

どうしてそんな悲しげな声を出すのか。

「……――」

「え……？」

互いの息遣いや心音、暖炉の炎が弾ける音にかき消されるほど、小さな声だった。

聞かせるつもりのない言葉だったのだろう。シリルも再び聞き返すことはしなかった。

朝が、来なければいいのに。グレアムは、確かにそう囁いた。

翌朝、いつもよりも少し遅くとった朝食を片付けると、グレアムは昨日採ったばかりの冬《ふゆ》苺《いちご》や枸杞《くこ》の実を殆《ほとん》ど持たせてくれた。

ここに来た際に着ていた祭服に身を包んだシリルは、ありがたくそれを受け取る。

「……じゃあ、本当にお言葉に甘えてもいいですか？」

「もちろんだよ。せっかく足が治ったのに滑って転んだら大変だからね」

食事のあとに身支度を済ませたシリルを、グレアムはいつものように抱き上げ、山の入り口近くまであっという間に送ってくれた。

つくづく、単身で乗り込んで退治しようという計画が無謀だったと思わされる。

「――じゃあ、俺はここで」

麓《ふもと》の手前、まだ森林の中でグレアムはシリルを下ろしてくれた。

まるで、そこに見えない壁があるように、グレアムは山から外へ出ようとはしない。もう少し先まで行きましょう、とは、いくら名残惜しくても言えなかった。

「じゃあ、――」

また、と言うより早く、頰《ほお》に触れるだけのキスをされた。不意打ちに言葉を失《な》くすと、グレアムがすっと体を離す。

「……ばいばい、シリル」

そんな別れの文言を言って、グレアムは一瞬で見えなくなった。微《かす》かに葉擦れの音がするが、それもあっという間に遠ざかる。

取り残されたシリルは、しばし呆然《ぼうぜん》とした。いつ帰ってくるの、とは訊《き》かれなかった。ばいばい、というのは、この先二度と会わないだろうという彼の予想を透けて見せた。

――……どうして……？

一緒に暮らす、という選択肢はないのだろう。

里へ帰ったら、シリルがグレアムのことを忘れてしまうとでも思ったのだろうか。

あんなに熱烈な告白をされたのも、キスをしたのも——抱かれたのも生まれて初めてだった。それなのに、あっさりと手放す。

寂しさと憤り、グレアムを責めたくなる気持ちが胸の奥で膨らんだが、すぐに萎《しぼ》み、自己嫌悪に成り代わった。

——彼のもとに残る、とはっきり示さなかった、私が悪い。

けれど、この先のことはどう転ぶかわからない。

もしかしたら、彼に多大な迷惑がかかることになるかもしれないし、身の振り方を間違えれば自分の身も危うくなるかもしれない。だからなにも言えなかった。

——なにより、あの人を巻き込んだり、煩わせたりしたくなかった。

が、それはただの言い訳でしかないだろう。

後ろめたく思いながらも、シリルはグレアムのいなくなった森に向かって「またすぐ戻ってきます」と呟《つぶや》き踵《きびす》を返した。

ゆっくりと歩みを進めながら、里までの道を行く。

里の入り口に差し掛かると、気づいた里人たちが「ブラザー・シリル！」と声を上げた。そのうちのひとりが、里中に響き渡るほどの大声で「ブラザー・シリルが戻ってきた！」と触れ回る。

　里人たちが集まり、あっという間にシリルを取り囲んだ。

「ご無事でいらしたんですね……！」

「もう、戻ってこないかと」

　帰還を泣きながら喜んでくれる者もいた。だが彼らの興味はきっと、「それで、狼男は退治できたのか」ということだろう。

　明確に問われないのをいいことに、心配してくれた彼らに素知らぬ振りで礼を重ねた。

　肝心の話を切り込まれる前に、まずは里長《さとおさ》への挨拶《あいさつ》をしなければならない。さり気なく移動をしようと思っていたら、恐らく報告を受けたのだろう、上司である司祭と、区長や商家の大《おお》旦那《だんな》などが駆けつけてきた。

「――ブラザー・シリルが戻ってきたというのは本当ですか！」

「司祭様、ご心配をおかけいたしました」

　人垣からそう挨拶をすると、司祭はシリルの顔をじっと凝視した。まるで、本物かどうか疑っているような、探るような視線である。

　よほど生還したのが信じがたいのかと苦笑し、他の面々にも会釈した。

「区長殿方々も、わざわざご足労頂いてありがとうございます。こちらからご挨拶にうかがおうかと」

口上の途中で、彼らに背を押される。里人たちは有力者に囲まれるシリルには近づきにくいようだった。

司祭が声を潜め「今までどうして、どこに」と問う。

「あれから幾月が経過したと思っているのです。……どうしていたのですか」

「……討伐に行く途中、山中で滑落して怪我《けが》をしたのです」

なんと、と言ったのは東の区長だ。

「それで大怪我を負い、山の窖《あなぐら》で回復を待っておりました」

そうか、とシリルを囲む面々は気が抜けたような、残念そうな声を上げる。

「里長へのご報告が先かと思っておりましたが……『狼男《おおかみおとこ》』はあの山には棲《す》んでいないようです」

シリルの虚偽の報告に、今度は全員が目を瞠《みは》る。

グレアム――狼男は存在する。だけど「悪いひとではない」と言っても納得はできないだろう。この先人間を喰わないという絶対的保証も、里人たちにはわかりようもない。

異端で異形のものが実在するとわかれば、怖がられるのは必至だ。それはいずれ、排斥の方向へ向かうだろう。

むやみに怖がられるよりも、いないと答えたほうが安心するものだ。――そして、「狼男」に濡《ぬ》れ衣《ぎぬ》を着せている事柄の本質を暴くことこそが、本当に不安の解消へと繋《つな》がるだろうことは明白だった。

「だが、そこに辿《たど》り着くまでに怪我をして離脱したのだろう？　ならば、狼男がいないかどうかはわからないではないか」

「……獣は、血の臭いに寄ってくるものです。今年は例年より冬の訪れが早く、獣は姿を見せませんでした。そのお陰で、私は今日まで生きながらえることができたのです」

「ならば、狼男も冬眠中なのであろう？　獣以上の獣だ」

悪《あ》しざまに言われて一瞬憤りが湧いたが、無表情の下に押し込める。

「けれど、『狼男』は季節関係なく現れるものでしょう？」

子供が『狼男』に攫《さら》われて喰《く》われた、という話は近年、真冬でさえも聞かれた。どんな季節でも狼男は子供を拐《かどわ》かすとされていたのだ。

「とにかく、私はこの数月の間、山にいましたが『人喰い狼男』などおりませんでした」

それは事実だ。

狼男は確かに存在した。だが彼は人など喰わない。ひとりぼっちで朽ちていこうとしている、優しい男だった。

「だから、大丈夫です。ご心配なさらず」

そう伝えると、司祭や有力者たちの殆どが、顔を見合わせる。

無論、中には安堵《あんど》に胸を撫《な》で下ろす者もいたが、司祭を含めた数人は、不安げな表情を崩さない。

――討伐を期待していたのだから、拍子抜けもするだろうし、「いませんでした」では不安も払拭《ふっしょく》しきれないか……。

彼らと里人へのフォローは後回しにすることにして、シリルは里長の屋敷へと急ぐ。里長に目通しを願うと、すぐに執務室へと通された。

彼はシリルの姿を認めると「生きていたのか」と驚きの表情を浮かべた。

「遅くなりまして、申し訳ありませんでした」

早速ですが、と前置きし、先程司祭たちに説明したことと同じ報告を里長へ行う。

だが、里長は腕を組み、渋い顔をした。そうか、と呟き、沈鬱《ちんうつ》な面持ちで息を吐く。

「成果がなく、申し訳ありません」

「いや、修道士殿が戻ってこられてよかった……だが」

そう言って、里長は口を噤《つぐ》む。やけに歯切れの悪い言い方に「なにか」と問う。

里長は再び重い溜息《ためいき》を吐く。

「修道士殿がいない間にも、狼男の被害は出てしまった」

「……え……？」

そんなはずはない。だって、グレアムにそんな素振りはなかった。

反射的に口に出しそうになり、すんでで堪《こら》える。だから先程、納得しかねる顔の人たちがいたのだ。

絶句したシリルを見て、里長は嘆いた。

「……昨日も、孤児の少年がひとり、山で拐われた。あれほど近づくなと言ったのに、山には修道士殿がいるから、救いに行くのだと大人の静止も聞かず——」

どこかで聞いたことのある話に、ぞわっと背筋が粟立《あわだ》つ。

シリルは思わず、里長の机に両手をついた。

「一体、誰が」

ちらりと里長は視線を上げ、ああ、と嘆声を漏らした。

「赤毛のサミーだよ」

そうでなければいい、と思っていた少年の名前を口にされ、ざっと血の気が引いた。蒼白《そうはく》になったシリルを見て、面倒を見ている少年が被害にあったことにショックを受けているのだと思ったであろう里長は、慰めるようにシリルの肩を叩《たた》いた。

それから、どうやって里長の執務室を出たのかは曖昧《あいまい》だ。ぼんやりと教会へ向かっていたら、大人たちに囲まれていたシリルを遠巻きに見ていた子供たちが、やっと寄ってくる。

そして「サミーが」と涙声で教えてくれた。

サミーは、昨日一度里へ戻ってきたそうだ。そして、グレアムの渡した麻袋いっぱいの枸杞の実を皆にわけ、夕食を済ませたあと、行方がわからなくなったのだという。

他になにか言っていなかった？　と訊いてみたが、子供たちは夕食のあとからサミーを見ていないのだと首を振った。就寝前のお祈りの時間である終課の時間には姿がなかったとのことだ。

——グレアムは。

あのとき、「麓まで見送る」と言った。けれどそれは嘘《うそ》で——？

いや、と頭を振る。

——彼から、血の臭いはしなかった。

生き物の血の臭いというのは、川や雪で洗ったところで容易に落ちるものではない。特に、一方が血に触れ、もう一方が血に触れていない場合、血に触れた側がどれだけ臭いを落としたつもりでも気がつくものだ。

それにグレアムは一時間ほどで、すぐに戻ってきた。サミーはその後、里の子供たちと会話し、夕食までとっている。

グレアムはあの一時間だけシリルと離れたが、それ以降は朝まで一緒にいた。

なにより、あのグレアムがシリルが面倒を見ていた小さな子供を殺して、素知らぬ顔でシリルを抱いたりするわけがない。

——落ち着け、彼じゃない。

ならば、誰がサミーを拐ったのか。

シリルの脳裏に、一瞬嫌な考えが浮かんだ。振り払おうとしたけれど、それは一度思い浮かべば消すことは難しい。

そのとき初めて、シリルは里の人に不信感を抱いた。

里の人全員が結託しているわけではない。少なくとも、子供たちは違う。だが、里民全員が無罪であるかはもうわからなかった。

「――ブラザー・シリル」

不意に声をかけられ、顔を上げる。振り返ると、司祭が立っていた。

「ご苦労さま。……大変だっただろう」

「いえ。それよりも、サミーがいなくなったというのは、本当ですか」

シリルの言葉に、司祭は痛ましい表情になる。

「もっと、強く引き止めるべきでした。彼はいつも、君を追って山へ入ろうとしていて……」

シリルがすぐに戻ってくれれば、せめて昨日一緒に下山していれば、彼は今も教会にいたかもしれない。

その事実に、よろめきそうになりながら必死に堪えた。

愛らしかったサミーの顔が思い浮かび、自分の行動がひとつ違えば未来が違っていたのではないかという罪悪感に胸が潰《つぶ》れそうになる。

「まだ、……まだそうと決まったわけではありません。山で迷子になってしまったのかも

「……」

「だが、夜の山では凍えてしまう。彼はきちんと防寒もしていなかった……もし、ただ迷子になっていたとしても」

「まだわからないでしょう。あの子は賢い子です。きっと……無事で」

だがもしただの迷子だったとしても、野宿ももう二日目になっては望み薄だ。ぐっと拳《こぶし》を握り、シリルは顔を上げる。

「明朝、すぐに探しに参ります」

「……そうですね、早く見つけてあげましょう」

まるでもうサミーが生きていないかのような科白《せりふ》に、心が不安定に揺れる。

シリルは会釈をし、足早に自室へと戻った。


翌朝、朝一番の祈りを捧《ささ》げて、司祭や里長、区長たちとともにすぐに向かった「狼男が棲まう山」の雑木林の中で、サミーは無残な姿で発見された。

シリルと別れたときのままの服装であり、恐らくあの日のうちに殺されていたに違いない、というのが司祭の見立てだった。

駆け寄って抱き上げた体は冷たく固まっていて、もう彼が生きていないのだということを直に伝えてくる。あまり血を浴びていない顔は真っ赤になっていて、ところどころに鬱血も見られた。

あまり動かすと遺体が壊れてしまうよと司祭に窘《たしな》められて、シリルは泣きながら、サミーをコートでくるんでやった。

小さな少年の体は、首や腹などを鋭利なもので幾条《いくすじ》も裂かれていた。まるで、麦や藁《わら》などを掬《すく》い運んだり投げたりする農　具《ピッチフォーク》のようなもので、裂いたようだった。

それに、妙に違和感があるが、それがなにかはわからない。

少年の遺体をじっと見下ろしていたら、司祭や里長たちが「なんと惨《むご》い……」と嘆きの声を上げる。

「やはり、狼男の仕業であったようだ」

断定的なその発言に、シリルは顔を上げる。

「……そうなのですか？」

思わず問いかけると、彼らは皆意外そうな顔をした。そんな反応が返ると思わなかったのだろう。

仕切り直すように神妙な顔をして頷《うなず》いた。

「間違いない。私は幾度か狼男を見たことがあるんだ。その爪《つめ》の大きさは間違いなく狼男のものだ」

そう言ったのは里長だ。追従するように、商家の大旦那も頷く。

「俺も一度だけだが、狼男の荒らした遺体を見たことがある。その嬲《なぶ》り方と寸分違わない」

だから間違いない、と皆が一様に言い出して震え上がった。恐ろしい、恐ろしい、と周囲が騒ぐ中、思案する。

――違う。

グレアムの爪痕は、もう幾度も見ている。だが、こんなにも爪と爪の間隔は広くない。なにせグレアムの狼の体は、普通の狼よりは大きいが、甚だしく大きいというわけではないのだから。

何者かの作り上げた「狼男」は、本物のグレアムの何倍もの大きさの想定なのだろう。

それに、本当に「人喰い狼男」の仕業なのだとしたら、何故サミーを喰わずに、こんな場所へそのまま放置したのか。

熊のように、餌《えさ》を特定の場所にしまう習性があるのか。それならば、他の食べ物があったり、枝や草などで覆い隠してあったりするのが自然だ。

だが、サミーの周りにはなにもない。多少落ち葉がかかっているが、打ち捨てられたと言っていいような状況だった。なにより、シリルが下山したときに、確実にサミーの遺体はなかった。もしこの場所にあったなら、きっとグレアムが気づく。

――……これは、間違いなく人の仕業だ。

その考えに至った瞬間、サミーの遺体の違和感のひとつに気づく。

それは、生きたまま獣の攻撃を食らって失血死したならば、もっと血まみれになっているはずだ、ということだ。

――サミーの遺体は、綺麗《きれい》すぎる。

彼の遺体が放置されていた場所にも、血溜《ちだ》まりなどは見当たらない。

だが、そう考えると、サミーは別の方法で殺された後に、遺体を弄《もてあそ》ばれたのだということになる。

どうして、この子がこんな目に遭わなければいけないのか。そう思うと一度は堪えた涙が再び溢《あふ》れてきた。

気づいた司祭にそっと肩を撫でられて、ぐっと唇を噛《か》む。

「丁重に、弔ってあげよう。さあ、ここにいては冷える」

「――私はこのまま、『狼男の棲まう山』に入ってみようと思います」

そう切り出したシリルに、司祭は眉を顰《しか》めて反対した。周囲の人々もざわつく。

「狼男はきっとサミーを奪われて気が立っているはずだから、危険だ。よしなさい」

「大丈夫です」

やけに自信を持って言い切る自分を、司祭たちはさぞかし訝《いぶか》しく思ったことだろう。

「それに、私は結局狼男を探す前に離脱してしまったので、己の責務を果たしておりませんし。

……当初の予定通り、本当にいないかどうか確かめて、必要とあらば対応します」

司祭は何事か言いかけ、口を噤《つぐ》む。

サミーの死は、人為的なものであり、狼男の――グレアムのものではないとシリルには確信があった。

グレアムには、あの山で起きた出来事には違いないのでなにか知っていることはないかと訊きたい。サミーの死の真相の手がかりを、どんな些末《さまつ》なことであっても見つけたかった。ふと別れた際のサミーの笑顔が過って、唇を噛む。

「大丈夫です。……サミーを無残な目に遭わせた犯人を見つけたら、刺し違えてでも退治しますから」

シリルの発言に、里人たちは動揺したように顔を見合わせた。

犯人を――グレアムに罪をなすりつけてサミーを殺した犯人を、必ず見つけなければならない。

「――じゃあ行ってまいります」

ぺこりと頭を下げて背を向けると「シリル」と名前を呼ばれた。司祭を振り返る。

「私に、なにか隠していることはないか……？」

司祭の問いかけにグレアムの顔が思い浮かび、ぎくりとする。

小さな頃からシリルを見てきた司祭だ、なにか違和感を覚えたのかもしれない。けれど、

「いいえ」とすぐに頭を振った。

そうか、と呟き、司祭は力なく笑んだ。

「……止めても、やめるつもりはないのなら、せめて気をつけて。皆、君を案じているから」

他の面々も「無理はするな」「すぐ戻ってこい」と口を揃《そろ》える。討伐の朝よりも引き止めてくれる人々に、苦笑を禁じえない。あの日は寧《むし》ろ早く生贄《いけにえ》になりに行け、という雰囲気すらあったのに。

――けれどももし、あの日にこんな言葉をかけられていたら、グレアムとは出会えなかったし、きっと死ぬまで彼を誤解していた。

会釈をして、シリルは再び山へと入った。

相変わらず、山道がなく獣道さえ少ない山だが、そのおかげもあって生き物の気配はすぐにわかる。心配してくれていたのか、誰かが後ろからしばらく付いてきていた。

だが、中腹に差し掛かるより前に諦《あきら》めて戻ったようだ。今は背後に人の気配はない。

まだ完全に治りきっていない足が痛み始めてしばらくした頃に、ようやく山の裏手にまで辿り着いた。

――ちょっと、休憩しよう。

息を整えて、太い幹に寄りかかる。まだもう少し余裕はあるが、急がないとそろそろ日が暮れてしまう。

はあ、と白い息を吐いたのと同時に、がさ、と葉擦れの音がした。反射的に顔を上げる。

「……シリル?」

目の前の茂みの中から姿を現したのは、グレアムだった。

今生の別れのような去り際だったのに、すぐにシリルが現れるなどと思っていなかっただろう。グレアムは目を丸くしていた。

「グレアムさん! ……わっ」

一歩踏み出した瞬間に足を滑らせ、尻もちをついてしまう。「シリル!」と声を上げ、グレアムが慌てて駆け寄ってきた。

「気をつけないと、また怪我しちゃうよ」

ひょいとまるで赤ん坊のように軽々と抱き上げられて、頬が熱くなる。そんな場合でもないのに、一昨夜のことを思い出してしまった。

「面目ないです……あの、大丈夫ですから」

「それより、どうしたの? もう、里に戻って暮らすんだとばかり……なにかあった?」

グレアムの問いにサミーの遺骸《いがい》が眼裏《まなうら》に蘇《よみがえ》って唇を噛む。グレアムは、シリルのそんな表情を見て「俺のうちで話そうか」と促してくれた。

大丈夫だと言ったけれど体は誤魔化しようもなく疲弊していて、グレアムはシリルを抱き上げたまま再び彼の家へと戻った。

暖炉《だんろ》を焚《た》いたあたたかな部屋で、グレアムはお茶を出してくれる。差し出されたお茶を一口飲んでから、サミーのことを切り出した。

サミーがふたりと別れた夜に拐われ、今日、この山で惨殺体として発見されたことを聞いたグレアムの端正な顔が、強張《こわば》る。

「サミーって……あの、赤毛の子だよね？」

震える声で確認され、首肯する。そんな、と呟いたグレアムの青い瞳から、涙がすっと流れた。

「なんて痛ましい……、どうして」

確信はしていたけれど、やはり彼は無関係だ、と改めて思う。もしこれでグレアムが犯人なのだとしたら、心のない嘘つきだ。

そして、グレアムに演技力がないのは、しばらく一緒に暮らしていてわかることだった。

「どうして……？　なんで、あの子がそんなふうな目に遭わなきゃいけないの」

ひどいよ、とグレアムは悔しげに涙を零《こぼ》す。惨い目に遭わせられたサミーの小さな体を見て、その場にいる誰も泣いたりはしなかった。憐《あわ》れみの口上は確かにあったけれど、そこには「孤児でよかった」という安堵《あんど》が隠しきれずにあったと考えてしまうのは、穿《うが》ちすぎなのかもしれない。

けれど純粋にサミーの死を悼むグレアムの泣き顔が呼び水になり、シリルの目からも涙が溢れた。

「本当に、その通りだと……どうして、あの子が……」

声もなく泣くシリルに気づき、グレアムはおずおずと手を伸ばしてシリルの頬を手で拭《ぬぐ》ってくれた。

「シリル」

慰めるように、その両腕で抱きしめてくれる。う、としゃくりあげそうになってしまい、そっとグレアムの胸を押し返した。

鼻を啜《すす》って、指で涙を払う。

「……すみません、泣いたりして」

「ううん、俺も泣いちゃったからおあいこだよ。……泣いちゃうよ。ほんの少ししゃべっただけの俺でもこんなに悲しいんだもの。シリルはもっとずっと、悲しくて寂しくて、辛《つら》いよ」

だからいいんだよ、という声が優しくて、胸が苦しい。

そして、これから伝える話は、慎重に言わなければならないという緊張感もあって、ますます息苦しくなった。

小さく深呼吸をして、グレアムに向き直る。

「……村では、サミーは『狼男に殺された』ということになっています」

シリルの科白に、グレアムの表情が凍りつく。

ああもっと別の言い方をすれば、と後悔したが、すぐに言い添えた。

「でも、違います」

「……俺じゃ、ないよ」

反論の声は震えていた。わかっています、と頷く。

けれど、自分の言葉で否定せずにはいられないのだろう、グレアムはもう一度「俺じゃない、違う」と繰り返した。だからシリルも、「わかっています」と重ねる。

「あれは、狼男でも、獣でもない。――人間の仕業だと、私は確信しています」

絶対にあなたじゃない、としつこく繰り返し、どうしてその確信に至ったのかをすぐさま説明した。

その論拠を話しているうちにグレアムの表情からほんの少しだけ強張《こわば》りがとけたのを見て、ほっとする。

グレアムは黙って話を聞いてくれて、それから椅子《いす》の背もたれに深く腰をかけた。前髪をくしゃりと掻《か》き混ぜて、嘆息する。

「……わかってたつもりだけど、しんどいね。あの子を殺したのが俺だって、顔も知らない誰かとはいえ、信じられているのって、しんどい」

「あなたというより、架空の『狼男』です。グレアムさんとは、違います」

そんなふうに言ってみるけれど、詮《せん》のないフォローにしかならなかった。

被害者と面識を得たせいで、今までどこか対岸の出来事だった冤罪《えんざい》が身近になってしまったのだ、ショックを受けて当然だろう。

グレアムの心を傷つけることは本意ではなかったけれど、それでもその説明はしなければならなかった。

「なにか、知りませんか。なんでもいいんです。……一昨日の晩から翌朝にかけて、なにか不審なものは見ませんでしたか」

「ごめん、わからない……」

わかっていたら、サミーの死にも気づいているはずだ。

そうですよねと、息を吐く。

グレアムは思案するように唇を触りながら、眉根《まゆね》を寄せた。

「……凶器はどうしたんだろう?」

ぽつりとグレアムが呟いた。

「その『偽の爪痕』をつける凶器は、今どこにあるんだろう」

「そう、ですね……そうか」

もう血を洗い流してしまったかもしれないが、もし凶器が見つかれば、少なくとも『狼男が犯人ではない』証明——つまり、人が起こした事件であることの証明になる。

「山に捨てた可能性もあるよね。俺、探してみる。山の子たちにも訊いてみるよ。血の臭いがあればわかるから」

山の子、という言葉に首を傾《かし》げる。

「シリルは里を探してみて」

「はい……！」

人は多くないが、密集した里ではある。不審な動きをしているものがいれば誰かが見ている可能性は高い。例えば「農具を深夜に必死に洗っている」などというのは明らかに不審な行動だ。

そうとなれば、すぐに里へ戻って捜索にあたりたい。グレアムの小屋を飛び出そうとしたら、グレアムから「待って待って！」と手首を摑《つか》まれて静止される。

「今から下りるんじゃや、中腹に差し掛かる頃には日が暮れちゃうよ！　その足じゃ危険だから、俺が送ってく」

「え、でも」

「一晩ここで過ごしてから帰るか、俺に運ばれてすぐ下山するか、どっちかだよ」

叱《しか》るように優しい提案をしてくれるグレアムに、胸がきゅっと疼痛《とうつう》を訴えた。

お願いします、と頭を下げたら「任せて！」と笑顔になったのが眩《まぶ》しい。手首を握るグレアムの手に、ほんの僅《わず》か力が込められる。

「……それからね、俺のこと、ちゃんと話してしまったらどうかな」

「え……それは、でも、人に知られては駄目なんですよね……？」

グレアムは「それは、俺たちのルールだから」と苦笑し、首を傾げた。

「それに、俺は今人里で暮らしてるわけじゃないし」

だからといって、グレアムのことを話していい、ということには拡大解釈をしてもならない。

それに、グレアムにとって禁忌であるのなら、シリルもしたくはなかった。

「一気におしらせするんじゃなくて、まず上司の人とか、偉い人とかに判断をあおいでさ……俺、自分が悪く言われるの別にいいやって思ってたし、それは今もあまり変わってないんだけどね」

んーと、とグレアムが言葉を探る。

「例えば『危ないところに近づいちゃいけないよ』とか『夜は物騒だから外に出ちゃ駄目』とか『悪いことしちゃ駄目』って子供に教えなきゃいけないときに『狼男に食べられちゃうよ』っていうなら、いいと思うんだ。でも、誰かが悪いことをして『狼男のせいだ』ってなったら、本当の悪い人はこらしめられることもなくて、いつまで経っても悪いことをしちゃうよね。……それって、よくないと思うんだ」

言いながらサミーのことを思い出したのか、グレアムの目に幾度目か涙が滲《にじ》む。

自分の名誉よりも、小さな命が奪われたことのほうが彼にとっては重要なことなのだ――そのときに湧き上がった気持ちを、なんと表現していいのかシリルにはわからない。

「だから、言っていいよ。……そして、サミーにひどいことをした本当の悪い人を捕まえよう？　……わっ、どうしたのシリル⁉」

ただ我慢できず抱きついてしまったシリルに、グレアムが慌てだす。逡巡《しゅんじゅん》するように動いていた手が愛《いと》しくて、シリルは笑った。

「シリル――」

顔を上げ、彼の頬を両手で包みその唇にキスをする。青い色の瞳が、大きく見開かれた。

呼吸の合間に外した唇を、グレアムの唇が追ってくる。噛み付くように口付けられて無意識に逃げた腰を抱き寄せられた。口の中を舐められ、啜られ、舌を甘噛みされ、生まれて初めて口腔《こうこう》内を蹂躙《じゅうりん》されて目が回る。

無意識にグレアムの服の胸元を引っ張ると、ようやく唇が外された。息を切らしてグレアムを見上げれば、彼は濡れた自分の唇を手の甲で拭う。その姿がまるで捕食者のようで、しばし見惚《みと》れた。

視線が合うとグレアムはいつもの人懐っこい笑顔に戻り、そのままグレアムは軽々とシリルを抱き上げる。

「じゃあ、行こっか」

頷く間もなく、グレアムは相変わらずものすごい勢いで山を下っていく。びゅうびゅうと風を切る音は大きく、あまり周囲の音が聞こえない。

思わずグレアムに身を寄せると、グレアムが「シリルは」と呟いた。

「……シリルは、俺のこと疑わなかったの？」

聞こえなくてもいい、と思っていたのか、その問いはごく小さな声で囁《ささや》かれた。体を近づけていたのではっきりと聞こえる。

「可能性という意味では、考えました」

すぐに正直に答えたシリルに、グレアムの腕がぎくりと強張る。

「でも、それはあくまで可能性の話で、すぐに否定しました」

可能性だけなら誰にだってある。

自分にもあるし、里の人々にだってあるし、行きずりの他人にだってある、ただそれだけのことだ。

「不審な点がいくつかあった、というのもありますけれど……そうじゃなくても、あなたがそんなことするはずない」

「シリル」

「だって、私はもうあなたが優しくて、あたたかい人だと知っているから」

退治しにきた男を、怪我が快復するまで面倒を見てくれた。本当は人里を避けていたのに、シリルのために薬や日用品などの交換に行ってくれた。シリルが怖がるのではないかと、狼の姿をとらずにいてくれた。沢山採った枸杞の実を、シリルが面倒を見ていた子供たちがきっと喜ぶからとサミーに殆どあげてしまった。

「私は信じています。里の人にも、必ずわかってもらえるように……もう、あなたを傷つけません」

絶対に、と力を込めて重ねたら、グレアムは頬を緩める。

その顔は、照れているようにも泣きそうなようにも見えた。

以前と同様、山腰で降ろしてもらい、足早に里へ戻る。

サミーの亡骸《なきがら》はシリルの戻りを待たずに墓地へ埋葬されており、教会でサミーと育った子供たちだけでなく、里の子供たちが二十人ほど集まってその周辺で泣いていた。

孤児の子供たちと親のいる子供たちはあまり接点を持たないことも多いのだが、サミーは人懐っこさや求心力もあり、誰とでも仲良くできる子だったのだ。

「ブラザー・シリル……！」

ひとりがこちらに気づき、皆がわあっと泣きながら走り寄って来る。

「サミーが、サミーが……！」

嗚咽《おえつ》を漏らす子供たちひとりひとりの頭を撫でる。誰からともなく「狼男を退治しないと」と言った。もう、大人たちからサミーを殺した犯人が「狼男」だと聞いているのだろう。

「ブラザー・シリル、狼男をやっつけに行ったんでしょう⁉」

「やっつけました⁉」

「サミーの敵《かたき》をとったんですよね⁉」

友人をなくした子供たちの憤りは凄《すさ》まじく、わぁわぁと詰め寄られて言葉に詰まる。その敵意や殺意が無実のグレアムに向けられていると思うと、そちらも辛い。

頭を振ったシリルに、彼らの表情に落胆の色が浮かんだ。

サミーと一番仲良くしていたスミスという男の子が「俺が狼男をぶっころしてやる」と泣きながら唸《うな》る。シリルは胸を痛めながら、彼らを呼んだ。

「……きみたちに、お願いがあります」

声を潜めたシリルに、子供たちは一様にきょとんとする。

「サミーにひどいことをした犯人を、探したいのです」

「狼男でしょ！」

鼻息荒く答えた少女に、し、とシリルは自分の唇に人差し指をあてた。

「里にある農具を、皆で手分けして、全部見てきてもらえませんか。農具の状況の確認をさせてください、と」

思いもよらぬ、しかも全く関係のなさそうな頼み事に、子供たちが顔を見合わせる。

農閑期を終えたばかりの今の時期、教会では農具の修復作業の手伝いや、壊れてしまった農具の新規購入の援助などをしたりすることもあった。だから、それ自体はおかしいことではない。おかしいことではないが、もしそれで不審な動きをするものがあれば。

「……狼男が農具を使ってるの？」

関連性を見出そうとした子の問いに、シリルは「そういうわけではありませんよ」と返す。

「狼男やサミーのことは言わずに、ただ教会のお仕事として行ってください。もし、なにか変なことがあれば、すぐに教えてくださいね」

子供たちは戸惑いを見せながらも、サミーの敵討ちのためならば、と意気込んでみせる。教会の子供たちは里へ散り、家のある子供たちは、「うちの農具を見てくればいいんですか？」と怪訝《けげん》そうにしながらも、自宅へ戻っていった。

彼らを見送って、シリルはサミーに祈りを捧げてから教会へと戻り、真っ直《ます》ぐに司祭の執務室へと向かった。

軽くドアをノックすると、すぐに「はい」と返事がある。

「……失礼します」

顔を見せたシリルに、机の前に座っていた司祭は立ち上がり「おお、よく無事で」と言ってくれた。

「それで今度は、狼男を退治できたのかな」

ここに来るまで色々目算を立てていたが、いざ話す段になると、どう説明すべきか、どう切り出すか迷う。

訝しげに首を傾げる司祭に、シリルは小さく深呼吸をした。

「……狼男の仕業ではない、と言ったら、信じていただけますか」

それだけをひとまず告げると、司祭の顔に困惑の色が滲んだ。

「それは……なにも成果が得られなかったから、そういうことにしよう、ということかな？」

それはよくないですね、と苦笑され、違いますとすぐに否定する。

「あれは、狼男が犯人じゃない。……それを隠れ蓑《みの》にした卑劣な人間の仕業です」

一体なにを言っているのか、と思っているに違いない。そもそもの根底を覆すようなことをいうシリルが信じられないであろうことは明白だった。

「なにを馬鹿な、サミーの遺体を見たでしょう！　あんな惨たらしい爪のあとを、どうやって人間がつけられると言うんですか！」

「司祭様」

「狼男が見つけられなかったのなら、そう正直に仰《おつしや》い。それで私たちは君を責めたりはしない。あんな恐ろしいことを、狼男ではなく人間のせいにするだなんて……なんと、罪深いことを」

　誤魔化して嘘を吐いているのだろうという決めつけに、指先が震える。司祭の発言を遮るように「違います」と、つい強い語調で返してしまった。

「あれが狼男の爪だとしたら、狼男はどれほどの大きさだとお思いなのですか」

「それは……我々よりもずっと大きいに決まっています」

「ならば、そんなに大きな獣の足跡がどこにもなかったのは何故でしょうか。サミーの遺体の傍に、獣の足跡などありましたか？　なかったでしょう？」

　シリルが現場に到着したとき、サミーの周囲には既に人が集まってきており、泥濘《ぬかる》んだ道は彼らの足跡だらけになっていた。だが、遺体の周囲、更に山の奥へと続く方向に、獣や人の足跡はなかったのだ。

「足跡が消えてしまっただけではないのですか」

「サミーの件に限ったことではありません。今までそんな大きな獣の足跡など、見たことがありましたか？」

　こんなことを質《ただ》されても、司祭が答えを持っているはずはない。

　何故なら、明確に「狼男に殺された遺体」が出たのはサミーの事件が初めてなのだ。

　今までは、なにかにつけ「狼男に違いない」とされてきた。思えば不思議なものだが、どうして自分もそれを頭から信じていたのだろう。見たこともなかったのに。

刷り込みというのは恐ろしいとつくづく思う。

だが、違うものは違うとわかってしまった以上、否定しなければならなかった。

「――これは、狼男の仕業などではありません。人間が犯人です」

「なにを馬鹿な……」

「狼男を隠れ蓑に罪を犯す者を野放しにはできません。もう、目を逸《そ》らす時期ではなくなったということです、司祭。……終わりにしなければなりません」

司祭の瞳が、迷うように揺れる。固定観念を覆すようなことを言われ、動揺しているのかもしれない。

司祭は困惑の表情を隠せないほど動揺しながら、「待ちなさい」と声を上げる。

「狼男ではない可能性がある、という言い分はわかりました。……ならば問いますが、狼男でないと証明するものもないのではないですか？」

当然といえば当然の指摘に、小さく息を吐く。できれば、言わずに真犯人の追及をしたかったが、そうもいかないようだ。本人はいいよと言っていたけれど、やはり気が咎《とが》める。ひっそり暮らすことが、もうできなくなるかもしれないのに、それを想定しているだろうに言っていいよと笑ったグレアムの顔が浮かんだ。

唇が、躊躇《ちゅうちょ》に震える。けれど意を決して、シリルは口を開いた。

「……知っているんです、狼男本人を」

執務室にはふたりきりしかいないのに、憚《はばか》るような声で告げた。司祭の目が大きく瞠られる。

「なんですって……？」

司祭が狼狽《ろうばい》し身動《みじろ》いだのと同時に、椅子が倒れた。それを構いもせず、司祭は唇を震わせる。

「何故言わなかったのです、これほど大きな問題になっているのに！」

「――彼が犯人じゃないと、わかったからです！」

それは正確な発言ではなかった。一緒にいるうちに、違うとわかったことだ。

だけど、彼は最初から「『狼男』の好物である人間」のシリルを喰うことはなかった。薬を与えてくれて、本来はあまり必要のない暖炉も常につけ、ベッドを譲って自分は床で寝るような、そんな男なのだ。口付けをしても、牙を剝《む》くこともない。

「その化け物が犯人ではないという証拠は――」

「彼の爪は、サミーの肢体を引き裂くほど大きくはないのです」

サミーを殺《あや》めたのは狼男だ、と決められた。だが、決定的に爪痕が、そこから想定される体の大きさが違う。

「それこそ、証拠はあるのですか……？　証拠がないのは、どちらも同じではありませんか。今までのことが全《すべ》てその狼男のせいではないという証拠は、ありますか」

それを言うなら、狼男のせいである証拠もない。

れば。唯一証拠だと言い切れる爪痕は、グレアムのものではないと証明できる。彼が、人前に現れれば。

「彼は、自分の存在を明らかにしていいと言いました。爪も見せてほしいとお願いすれば、快く応じてくれると思います。……彼は、人を食べません。我々と同じものを食し、同じように暮らす、ただの善良な民なのです」

同じように、と言ったが、厳密には違う。

自分の存在が誰かの迷惑になるからとひとりで山で朽ちるのを選ぶような、けれどひとりは寂しくて、朝なんて来なければいい、早く夜になればいいのにと願いながらいる、優しい人狼。

サミーを殺したのも、今まで里の子供たちを拐ったのも、グレアムではない。

「……証明が必要ならば、そう致します。きっと、彼も協力してくれるはずです」

行方不明になった子たちの捜索も、協力してくれるかもしれない。

シリルの発言の真偽を探るように、司祭がじっとシリルを見つめている。

尊敬していた上司で、とても世話になった。話せばわかってくれるかもしれない、そう思っていたけれど、事態はそれほど易《やす》くはないようだ。慕っている人の理解が得られないのはひどく哀しいことだったが、それでもこれ以上、グレアムのせいにはさせられない。

「私からの、報告は以上です。引き続き、子供を拐った、そしてサミーを殺した犯人の行方は追いたいと思います」

司祭はシリルの言葉を聞いているのかいないのか、ただじっと机上を見つめて考え込んでいる。

会釈をし、シリルは執務室を出た。息を吐き、踵を返す。

——……今は、凶器を探そう。

事実とされていることを事実ではない、と証明することは困難を極める。

確かに司祭の言う通り、「証拠を出せ」と言われれば難しい。

体の大きさが違うと言ったところで「本当はもっと大きくなれるのを隠しているのではないか?」と言われる可能性もある。

ならば、今回に限っては明確に「誰が」サミーを殺したか、なにがサミーを死に至らしめたのかを探るしかない。過剰に狼男のせいにしようとした工作が、そうではないことの立証の一助となった。

「——ブラザー・シリル!」

教会を出ると、子供たちが数人走り寄ってきた。恐らく、自宅の農具を確認したり、ある程度民家を回ったりしてくれたのだろう。

「ありがとう、どうでした」

少々前のめりに尋ねると、多くの子供たちは頭を振った。確認したが、特に不具合はないか、仕事始めで色々不具合があったと本当に壊れた農具がある家ばかり、もしくはあれもこれも買い替えたいのだと要求してきた家もあったという。報告をもらった家については、不審な点はなさそうだ。

――もう、手元にはないのか？

グレアムには山の中を探してもらうことになっている。彼は鼻がいいので、血の臭いには敏感だろう。

子供たちに礼を言い、シリルも確認へと出る。ふと、前方から「ブラザー・シリル！」と呼んで走ってくる子がいた。サミーと仲の良かった少年、スミスだ。その後ろから、里人の子であるエリックがついてきていた。

「スミス、エリック、なにかありましたか」

「こっち！」

来て、とスミスにぐいぐいと腕を引っ張られる。必死な様子の彼らに、声を潜める。

「……なにかあったんですか」

「ジャックおじさんが、なんか変だった」

「変？」

ジャックは、里長と歳の近い小太りで口ひげを蓄えた農夫だ。

年齢にしては珍しく妻子はないが、教会の行事などには積極的に顔を出してくれる。子供たちにも親切で、皆「ジャックおじさん」と呼んでいた。

シリルが狼男の退治をしに行く日にも、どうか気をつけてとわざわざ声をかけてくれた。

「農具を見せて、って言ったら断られた」

「え……」

ね、とふたりは顔を見合わせる。

「断るっていうか、すごく怖い顔して怒ってた。何故そんなものを俺らに見せなきゃいけないんだって」

「説明した？　修理や買い替えなどのための点検だって」

シリルの問いに、スミスは「もちろん！」と強く頷く。

「そんなもの必要ない！　大きなお世話だ！　って追い払われた。……変でしょ？」

確かに変だ。

そもそも、農具を見せてほしい、または貸してほしいと言ったところで怒る農夫などいない。無論、借りっぱなしになる人物には二度と貸したくないとか、そういう揉《も》め事はあるが、見せるのも嫌だと突っぱねるのはおかしい。

「それから、ね」

そう言って、スミスはエリックを見る。彼の自宅はジャックの隣家だ。

「一昨日……サミーがいなくなった日の夜、隣がすごくうるさかったんだ。俺の部屋、ジャックおじさんちのちょうど向かいにあって」

真夜中にどたばたと騒がしく、目が覚めてしまったのでよく覚えているとエリックが言う。やけに行き来し、物置小屋を開けたり閉めたりしていたそうだ。

それから、昨日の夜にも、なにかばたばたと物置小屋を出入りしていたという。

「ジャックさんのほかに、誰かいた？」

「ううん、いなかったと思う」

「……そう……」

あまりにも怪しい様子ではあるが、予断は慎重にすべきだ。

「ありがとう、よく気づいて、教えてくれたね」

ふたりの頭を撫でる。彼らは顔を見合わせて笑い、それからシリルを見上げた。

「……これで、サミーをひどい目に遭わせた犯人、捕まる？」

「そうなるように、頑張るから」

あとは任せて、と告げると、ふたりは安堵に頬を緩めた。スミスに教会へ帰るよう促し、エリックを自宅まで送ってから、その隣にあるジャックの家へと足を向ける。

その敷地内に足を踏み入れたと同時に、物置小屋からなにか細長いものを抱えたジャックが飛び出してきた。

目が合い、ジャックが硬直する。麻袋で覆われたものの中身は見えないが、農具のような形が見てとれた。

「……ジャックさん、どうされたのですか。そんなに慌てて」

なるべく興奮しないように声を抑えて問う。ジャックはあからさまに動揺してみせた。

「いや、その」

「農具が壊れましたか？　いつものように教会で修理させていただきましょう」

ジャックは手の中にある麻袋と、シリルの顔を見比べる。その顔は真っ白で、額に汗を滲ませていた。

「……ジャックさん？」

固まったまま動かないジャックに、一歩近づく。

その袋の中身を見せてください――そう告げようとした瞬間、「サミー殺しの仲間はこいつだ！」と背後から声がした。

振り返ると、そこには司祭、そして里長と里の住民たちが憤怒の表情で立っている。

司祭がシリルの話に納得して、里長を説得してくれたのだろうか。ジャックが疑わしいとわかっていたのだろうか。そう思うより早く、ジャックが猛然とシリルの横を走り抜けた。

彼は懺悔《ざんげ》し、許しを請うた――わけではなかった。

身を隠すように、里長の背後に回る。

状況が飲み込めずにいると、司祭が一歩、悠然と前に出た。

「恐ろしいことを、彼は告白しました。――己が、狼男の仲間であると」

仲間とは言わなかったが、狼男が犯人ではない、いい人であったとは伝えた。だから、否定が遅れた。

瞬きするほどの時間、その間に否定しなかったことで、住民たちに怒りの炎が上がる。

「――殺せ！」

そんな声が上がる。

罵声《ばせい》の矛先が己に向かっていると気づいたのは、石を投げられてからだ。それはシリルの脇腹にぶつかり、鈍い痛みを与える。

己の状況を把握できずによろめきながら困惑していると、もうひとつ、石が投げられた。今度はぶつからずに足元に落ちたが、頭が真っ白になって動けない。

「聖職者の身でありながら、里の子供を拐かし、長年苦しみを与えてきた狼男の仲間に成り下がったと自白したのだ！」

里長の言葉に、シリルに咎める視線が向けられる。

「私は確かにそう聞きました。……そうですね、シリル」

「いえ、そうは、言っておりません……が……」

仲間だとは言っていない。子供を拐って殺したのは狼男ではないのだと、そこから説明しなければ。

だが、惑乱し、大勢の憤りの矛先が向けられた状態では、驚くほど声が出なかった。咄嗟《とっさ》に思いもよらぬことで断罪されると、なにも出てこないものだと知る。

掠《かす》れた中途半端な肯定ははっきりと彼らの耳に届いたようで、非難の声が怒号となって上がった。

「この外道め、娘を返せ！」

「俺の息子をよくも！」

口々に叫ばれる声に、当惑しながら後ずさる。

無意識に司祭に目を向けると、彼は笑っていた。

頭から血の気が引く音が、聞こえたような気がした。

「今日も、子供を集めてこそこそなにかしていやがったな！　次の獲物を物色しようったって、そうはいくか！」

違う。何度も頭を振ったつもりが、殆ど体は動いていなかった。

視線だけで子供たちを探す。彼らは、シリルの同僚である修道士たちに庇《かば》われるように立ってこちらを見ていた。修道士たちは、信じられないものを見るように、同僚であるシリルに目を向けている。

「人でなしめ！　――殺せ！」

「……っ」

殺せ！　と怒号が上がり、殺気だった住民たちが声を上げて走り寄って来る。

我が子ではなくとも里に棲む子供を沢山失った憤激、そのせいで親も子も家の外にろくに出られなかった鬱憤、常に不安な気持ちを抱えて日常を過ごしていた精神的な閉塞感《へいそくかん》による焦燥、それらが一気に爆発したようだった。

言い訳をするより早く、本能的に体が逃げた。背後から容赦なく石が飛んでくる。背中や肩、足、頭にいくつもぶつかった。

冷静に話のできる状態ではない。捕まったら袋叩きにされるのは必至だ。

足が縺《もつ》れそうになりながらも、必死に走った。このまま捕まれば、本当に殺される。幸い、住人たちは武器を持っていることもあり、丸腰で死にものぐるいで逃げたシリルの足には追いつかない。

背後から、「仲間のところに逃げても無駄だからな！」と叫ぶのが聞こえた。

「山に火をつけてやる！　狼男ともども、焼き殺してやるから覚悟しておけ！」

里の外までは、誰も追ってこなかった。もう日も暮れる頃合いだから一旦《いったん》諦めたのだろうか。

だが態勢を立て直し、山狩りをするつもりかもしれない。

火をつけると叫んでいたが、あれは本気なのか。

「……っ、げほ……っ」

全速力で走って逃げたせいか、それとも別の要因でか、胸が痛い。鳩尾《みぞおち》を押さえて荒い呼吸を抑えようとしたが、収まらなかった。

吐き気を堪えつつ胸を喘《あえ》がせながら、歩みを進める。

「くそっ……」

どうしてこんなことになったのだろう。

恐らく、狼男の犯行を装ってサミーを殺した、或《ある》いはサミーの遺体を損壊したのはジャックだ。

――司祭は、笑っていた。

シリルの説明を聞いて本当に誤解をしたわけでは、恐らくない。間違いなく意図的に、彼は部下であるシリルを罠《わな》にかけたのだ。

あの状況で堪えきれずに笑うなんて、それ以外考えられない。真犯人が見つかったと喜ぶ、そういう顔ではなかった。まるで、責任を逃れることに成功した、そんな表情であった。

足に鈍い痛みが走る。必死に走っていて気が付かなかったが、熱を持っていた。

まだ全力疾走に耐えきれなかった足は、次第にずきずきと鈍痛を訴え始める。

――どうして、私を陥れようと……いや、恐らく、多分……――。

それは、彼らに後ろ暗いことがあるからだろう。真犯人が他にいると訴えた者を、早急に陥れるというのは、そういうことに違いない。

──……司祭と、あと、誰だ。ジャックさんは確実に……。里長か……？

今まで世話になった人たちを疑いたくはない。信じられない。信じたくない。だが、頭の隅で冷静になっている自分が、里人たちを煽動《せんどう》した彼らの記憶を見せる。

ぐるぐると頭を巡る思考の中で、里長の言葉が不意に過った。

昨日も、孤児の少年がひとり、山で拐われた。

そのときは文脈的にあまりおかしいと思わなかった。だが、夕飯を過ぎた時間、何故「山で拐われた」と明確に言えたのか。子供だけでなく、大人も夜に山へは行かない。

自分はなんて間の抜けた行動を取ったのだろう。

シリルは単に、「犯人は恐らく人間であり、真犯人を捕まえなければいつまで経っても事件は終わらない」と伝えたつもりだった。だが、司祭たち「真犯人」はその言葉を曲解したのだ。疚《やま》しいことのある人間からすれば、シリルの科白は遠回しに「お前たちが犯人であることを知っている」という脅しに聞こえただろう。

──それで逆にはめられていれば、世話がない……。

自分なりに慎重に行動をしているつもりだったが、信頼していた上司を信じたことが仇《あだ》になるとは思わなかった。

──人間が、関わっていたことが……私の中ではほぼ確定した。子供たちは司祭たちの手引で、どこかへ拐われていったのだ。

今まで何人もの子供が消えた。教会で世話をしていた子供たちが、被害の大半を占めた。一体どんな目に遭っているのだろうかと思うと、同時にサミーの姿も浮かんで胸が潰れそうに痛む。

だが悲しんでいる暇はない。シリルは山の裏――グレアムのもとを目指した。

「早く、行かなければ……、あっ……」

足を滑らせ、転倒する。身を起こしたいのに、ここまで走り続けて疲弊しきった体は言うことをきかない。道に転がったまま、荒い呼吸を繰り返した。

不意に、男性の声が遠くから聞こえてくる。もう追手が来たのか、と焦るが、やはり体は動かなかった。

もう、心も体も限界だった。

「……、グレアム、さん」

届くわけもないのに、名前を呟く。

逃げて。

そう願うのと同時に、ざわ、と葉擦れの音がした。その気配が、近くまで迫ってくる。

「――シリル！」

聞き覚えのある声に、どうにかこうにか顔を上げた。

がさがさと茂みが動き、そこから顔を出したのはグレアムだ。

「グレアム、さん……？」

あまりに焦がれたせいで、自分は幻を見ているのだろうか。

だがグレアムの幻覚は実体を伴っていて、シリルを抱き起こしてくれた。

「シリル！　どうしたの⁉」

ひょいとまるで鞄《かばん》を抱えるように簡単に抱き上げられる。

間の抜けたことに、そうされて初めて、目の前のグレアムが幻覚ではないという理解が追いついた。そっと、両手で彼の頬を包む。

「……グレアムさん？」

「うん、俺だよ。どうしたの、あちこち傷ついて、泥だらけで――」

グレアムに抱きつくと、彼は一瞬身を強張らせた。

「ど、どうしたの？　どこか痛い？」

そう訊かれて、自分が泣いているのを自覚する。体が痛いからとか、不安だからとか、そういうわけではない。ただ、申し訳なくて、会えたことが嬉《うれ》しくて、涙が出た。

「ごめんなさい、逃げてください……！」

サミーを傷つけた武器は見つかった。だが、真犯人を糾弾することもできず逆に陥れられたこと。

人狼の件についても里人を説得するには至らず、シリルが下手をうったせいで狼男が一連の犯人であると彼らに確信させてしまったこと。

恐らく、彼らはこの山ごと焼き払おうとしていること。

声を上ずらせながら必死にした説明を、グレアムは黙って聞いていてくれた。そして、そっとシリルの頬を撫でる。

「……これ、里のひとにやられたの？」

転んで擦りむいたところもある。けれど逃げているときに投げられた石は、いくつもシリルの体に当たっていた。撫でられた肩や頭に鈍痛が走り、反射的に顔を顰める。

「それで、ここに逃げてきたんだね。……シリル、頑張ったね」

優しい声と掌に頬が熱くなり、慌てて首を振った。

「あ、いえ違います、それは」

はっきりとすぐに否定したシリルに、グレアムは目を丸くして首を傾げた。

「違うってどういうこと？」

「私は、逃げるためじゃなくて、あなたに詫《わ》びるため……誤解が解けなかったことを謝って、そして逃げてと伝えるためにここにきました」

途中で会えてよかった。

そう言うと、ますます不可思議そうな顔をグレアムがする。柳眉《りゅうび》を寄せ、彼は首を傾げた。

「伝えて、それでどうするつもり？」

「麓《ふもと》に戻ります。早くしないと、山狩りが始まってしまいますから。私がなんとかして……命にかえてでも食い止めて」

「シリル」

ぱちん、と全く痛くない力で頬を叩かれる。

窘められたことがわかって、シリルは目を瞬《しばたた》いた。

「そういうの、よくないよ。……俺は、そんなことされたって嬉しくない」

そのとき自分がどういう表情をしたのかわからない。だがグレアムは慌てたように「ああそうじゃなくて」と言い添える。

「俺のことを考えて、一生懸命になってくれるのはすごく嬉しい。教えに来てくれて、ありがとう。でも、命にかえてでもなんて言わないで。……自分のことも大事にして」

その言葉に、虚をつかれたような気分になり、口を噤む。

「お願いだから、……俺の大事な人を、シリルも大事にしてよ」

自分のことも大事にしてだなんて、言われたことがない。同じだけシリルを大事にしてくれた人もいない。

いつも、尽くし奉仕せよと言われてきた。そしてそれを、当然だと思っていた。

何故なら自分は親もなく、誰かの力を借りて生きていたから。そうしないと、成長することも難しかっただろうから。

常に、ご恩返しをするんだよ、感謝して生きるんだよと言われていた。

けれど、自分を大事にしてと言ってくれたのは――同じだけシリルを大事にしてくれるのは、きっとグレアムが初めてだ。

「……は、い」

利他的に尽くし、献身的になることこそが己の存在意義だったシリルに、頷くことは非常に勇気がいった。

けれど、ぎこちなくだが首肯すると、グレアムが笑ってくれる。

「徐々にでいいよ。……まずは、自分を大事にしてほしい。お願い」

項《うなじ》を撫でるように引き寄せられて、自然と瞼《まぶた》が落ちた。啄《ついば》むような優しいキスをされ、再び泣きそうになる。

「――来た」

唇が離れたのと同時に、グレアムが呟く。

はっと顔を上げたが、シリルには人の気配は見えないし声も聞こえない。だが、薄暗がりの向こう側、里へ繋がる方角に、点々と小さな光が連なって見えた。灯《あか》りはゆらゆらと揺れながら、山へと近づいてくる。

恐らく、松明《たいまつ》を持った里人が列をなして攻め込んできているのだ。

「逃げて……逃げてください！」

反射的にそう叫ぶと、シリルを抱き上げていた腕が揺らされる。はっとしてグレアムを見ると、彼はちょっと怒った顔をしていた。

「逃げて、じゃなくて、一緒に逃げよう」

「あ、……は、はい……っ」

頷いたシリルに、グレアムはにこっと笑った。

「じゃあ、摑まってて」

言うが早いか、グレアムは人では到底及ばない跳躍力で、森を跳ぶように駆け抜けていく。もう数度目となるのにまだ慣れず、グレアムにしがみついた。

あっという間に小屋に到着し、グレアムは本や両親との思い出の品などを大きな鞄に手早く詰め込むと、肩にかける。

「じゃあ行こうか」

「でもまだ……」

「もういいよ。大切なものは全部入れたし、あとは、残していっても構わないものばかりだから」

さあ早く、とグレアムはシリルの腕を引き、再び抱き上げる。成人男子ひとりを両腕に抱いているとは思えない速さで、グレアムは駆け出した。

元々さほど荷物の多い人ではないので、着替えや日用品などを除けば鞄の中にじゅうぶん収まったようだが、それでも住み慣れた家を離れるというのは辛いに違いない。

あまり前向きな理由ばかりではなかったにせよ、彼はここに骨を埋めるつもりだったのだし、元は両親と暮らしていた家だろうから。

――ごめんなさい。

もっと慎重に行動し、うまく立ち回るべきだった。だが悔いてももう遅い。それに、グレアムはきっとシリルを責めたりはしない。

「……始まった」

なにが、とは訊かなくてもわかる。乗り込んできた里人たちが、山に火を放ったのだ。やがて、シリルにもわかるほど煤《すす》の臭いが漂ってきたし、中腹のあたりから火の手が上がっているのが見えた。

「なんて、罪深いことを……」

怒りに任せた里人たちの暴挙に、憤りと罪悪感で胸が押し潰されそうだった。

グレアムはシリルを抱きかかえたまま、滑り下りるように山を下る。里とは真反対側の麓へ下り立ち、更にそこから距離を取った平地で、シリルを下ろした。

その頃には火は燃え広がり、暗くなり始めていた空を赤々と照らし始めている。ばちばちと弾けるような音が風に乗って届いた。

遠く、血気にはやる里人たちの鬨《とき》の声が聞こえる。これで狼男とその仲間を退治したのだ、とさぞ意気揚々としているのだろう。

なんとも言い難い、重苦しい気持ちを抱えてその光景を眺めていた。

だがやがて、様子がおかしなことに気がついた。

――……悲鳴？

当初は歓声かと思っていた声に、不穏な気配が混じっているような気がした。

怪訝に思っているうちに、再び呻《うめ》き声のようなものが聞こえる。

思わず傍らのグレアムを見る。彼はじっと、火の燃え広がってゆく棲み処《か》を眺めていた。

「グレアム、さん」

名前を呼ぶと、彼はようやくシリルを見た。

「なに？」

「……あの、なんだか様子がおかしくありませんか」

そう問うている最中、今度ははっきりと泣き叫ぶ男の声が遠くから聞こえてきた。ひしゃげて揺れる、濁った悲鳴だ。

思わずびくりと体を竦《すく》めると、グレアムはシリルの肩を抱き寄せて「大丈夫だよ」と言った。

「ここまでは、来ない」

なにが、と問いかけるより間もなく、また遠くから悲鳴が届く。獣の咆哮《ほうこう》のような声は、里の誰かのものだろうか。

なんだかそら恐ろしくなり、グレアムの腕を引いた。

「一体、なにが起こっているのですか」

グレアムは綺麗な瞳をシリルへ向ける。

「山に住んでいたのは、俺ひとりじゃないってことだよ。棲み処を理不尽に脅かされれば、怒って反撃するのは当然だ」

目を瞬き、シリルは再び山を見た。

「山の子――狼だよ」

「え」

「人狼じゃない、本当の狼だ」

山には、沢山の動物が暮らしている。山小屋にいたときも、グレアムは鹿や猪《いのしし》、鳥などを獲ってきてくれた。

「狼だけじゃなくて、熊もいるかもしれない」

「熊⁉　熊なんて、今まで一度も」

この土地では見たことがない、と言おうとして口を閉じる。言われてみれば、里の住人たちは「狼男の山」を避けていたのだから、熊に限らず、山になにが棲んでいるかなど知らない。

そして何故か、当然のように「山には狼男以外は棲んでいない」ような気が、シリルもしていた。鹿などを食べさせてもらっていたのにも拘《かかわ》らず、だ。

「そりゃ、基本的に熊も狼も、山を下りないよ。幸い、人がやってくることのなかった山には、食べるものは豊富だったからね。わざわざ下りる理由がないもの」

人が侵入し狩ることのない動植物は、どんな季節でも豊富だ。だから、彼らはそもそも山を下りて人里に来る必要性がなかった。

だが、人が侵入し、山に火を放つのであれば別だ。

「じゃあ、彼らが次に向かうのは……」

「里かもしれないね」

あっさりと予想が肯定されて、こくりと喉《のど》を鳴らす。

逃げた里人を追いかければ、いずれそこへ辿り着くことになる。平素であれば、ある程度獲物を獲得すれば満足して山へ戻るだろうが、人間に焼かれてしまい、もとの棲み処には戻れない。

——じゃあ、里の人達が。

思わずグレアムを見る。

けれど、助けて、などという厚顔無恥なことは言えなかった。

煌々《こうこう》と燃え盛る山を見つめながら、グレアムは小さく息を吐いた。それから、やにわに声を上げる。

黄昏《たそがれ》の空を切り裂くような、遠吠《とおぼ》えだ。

人間の姿で狼のような声を出す彼に、思わず瞠目《どうもく》する。グレアムが再び吠えると、遠くから狼の遠吠えが谺《こだま》のように呼応した。

幾度か鳴きあった後に、グレアムは肩にかけていた鞄をシリルに「持っててくれる？」と手渡す。

「じゃあ、行こうか」

「行こうかって、どこへ……」

その体が、光の靄《もや》のようなもので包まれる。瞬《まばた》きをひとつしている間に、彼の姿は銀色の狼へと変わった。

「シリルのいた里へ。――乗って」

シリルは戸惑いながらも脱げ落ちたグレアムの衣服を鞄に詰め込み、慌ててグレアムの背中に乗る。

「しっかり摑まってて。振り落とされないようにね！」

「……！」

そう言うなり、グレアムは猛然と走り出した。彼の言う通り振り落とされそうになり、その太い首元に必死にしがみつく。

道行きに、何頭もの狼とすれ違った。そして、まるで里までの道を標《しる》すように血塗《まみ》れの遺体が転がっている。熊、ないし狼にやられたのだろう、遺体はあちこち切り裂かれており、地面は血に塗れて、血や排泄物《はいせつ》などの生臭い独特な臭いを放っていた。「狼男にやられた」はずのサミーの遺体がいかに不自然であったのかをこんなところで知ることとなった。

間もなく到着した里では、惨たらしい光景が広がっていた。恐らく応戦しようとしたであろう男たちの屍《しかばね》が転がっている。

その状態のひどさに思わず口元を押さえると、「大丈夫?」と心配そうに顔を覗《のぞ》かれた。大丈夫、と頷けば、グレアムは冷静に遺骸のひとつに目を向ける。

つられるようにシリルも視線を向け、はっと息を呑む。

――……里長……!

その身なりからどうにか里長のものと推測される男性の凄惨《せいさん》な遺体は、打ち捨てられたように転がっていた。恐らく長い距離を引きずられたのだろう、衣服も殆ど脱げてしまっている。

「……熊だね、これは」

「わかるんですか」

「もちろん。一撃で動物の顔を吹っ飛ばせるなんて熊くらいのものだよ」

恐ろしいことをけろりと言い、けれど怖がったり気負ったりする様子もない。

点々と散らばる人間の死体を目印に進んでいくと、熊は教会の扉を破ろうとしているところだった。恐らくそこには、子供たちや女性など、里の住人たちが避難しているのだろう。

扉の前に立つ熊の足元には、逃げてきたが中に入れてもらえなかったと思われる人たちの遺体が、点在していた。

　大きな黒色の熊は、じゃれるように扉を攻撃している。鍛造製の金属で補強・装飾を施してある木製のドアは非常に厚く丈夫なものであったが、既に半壊状態だ。

　ついにバリバリと木を壊す音がして、中からの悲鳴が漏れ聞こえた。

　熊はまるで嬲るのを楽しむように吠《ほ》え、ドアに手をかける。ばきりとヒンジが壊れるような音がした瞬間に、「そろそろやめない？」とグレアムが声をかけた。

　まるで話が通じたように、熊が前脚を止めて振り返る。こちらに突進してきたらどうしようと身構えたが、熊は低く喉を鳴らしてグレアムを見ていた。

「手を引いてくれると、嬉しいんだけど」

　のんびりとそう話しかけたグレアムに、熊が冗談じゃないとばかりに咆哮を上げる。相当怒り、興奮しているのがシリルにもわかった。

「グレアムさん……っ」

「大丈夫」

　グレアムはゆったりと庇うようにシリルの前に立つ。

「……新しい場所は、ちゃんと探してあげるから」

　うるさい、とでも言うように、熊は吠えた。そうして今度は、唸り声を上げながらこちらへ向かってくる。

いていた。

「グレアムさん！」

グレアムは熊に向かって走り出す。瞬きをもうひとつした後には、銀狼は熊の顔に喰らい付

せり出た鼻先をグレアムに噛み付かれ、熊は上半身を大きく振りながら抵抗している。鋭い爪のある前脚を大きく振ったり、地面にのたうち回ったりして外そうとするが、グレアムは全て巧みに躱《かわ》していた。

「……っ」

シリルはその横を大回りですり抜けて、大きな穴の空いてしまった教会の扉に駆け寄る。

「誰かいますか、無事ですかっ」

覗き込んで声をかけると、教会の奥ではやはり、大勢の女性と子供、数は少ないが男性たちが身を寄せていた。彼らの最前面には囲うように同僚の修道士数人が、人だかりの最奥には司祭の姿が見える。思った以上に大勢の人の姿があり、ほっと息を吐いた。

彼らは熊の攻撃が突然やみ、怪訝に思いながらも様子をうかがっていたようだ。外側から生存者が声をかけてくるなど思いも寄らなかったのだろう、シリルの姿を見て、わっと声が上がる。

「ブラザー・シリル……！」

「熊と、狼が来て、里を……！」

「里長たちが、俺たちは止めたのに、山に火をつけるって出ていって」

事情をそれぞれ口にしながら、扉に駆け寄って来る。

だが、シリルの背後で銀狼と熊が戦っているのを見て足を止めた。里の危機が去ったわけではないのだ、寧ろ大きな獣がもう一匹増えている、と彼らの顔に絶望が浮かぶ。

「銀色の、狼……?」

女性の誰かがぽつりと呟く。

があっと声を上げた熊から口を離し、銀狼は地に下りた。熊はきゅうきゅうと鼻を鳴らして、教会から離れるように後退《あとずさ》る。

「……ごめんね、戻って」

銀狼が伝えると、戻る場所などないのに、とでも言いたげに熊は喉を鳴らした。けれど対峙《たいじ》した相手とこれ以上争っても勝ち目はないことは悟っているのだろう、くるりと背中を向ける。

ゆっくりと、燃え広がっている山に向かって帰っていく熊を見送って、銀狼が振り返った。

「……グレアムさん!」

堪《たま》らず走り出し、シリルはグレアムの毛並みを撫でる。

「どこか怪我はされてませんか、大丈夫ですか」

「大丈夫。ほんの少し引っ掻かれたけど、それくらいだよ」

熊に引っ掻かれた、と言えば、人間なら骨を砕かれるほどの衝撃だ。顔色をなくしたシリルにグレアムは「大丈夫だよ、ほら」と脇腹を見せてくれる。

見せてくれた場所には血さえ滲んでおらず、毛をかき分けて見てやっと薄ら肌の色が変化しているのがわかる程度だった。本当に「猫に軽く引っ掻かれた」くらいのもののようで、ほっと息を吐く。

「どうして、助けてくれるんですか」

あらゆる災いをグレアムのせいにして、ひっそりと暮らしていた山に火までつけた。棲み処を追われた森の動物たちが怒って反撃に来たとしても、それは人間の自業自得である。

それなのに、どうして。

シリルの問いに、グレアムは目をぱちくりと瞬いた。

「だって、シリルが大事にしていたものでしょう?」

グレアムの返答に、息が止まった。

確かにシリルは、死を覚悟してまで里のために狼男の棲み処へと乗り込んだ。つまり本を糺《ただ》せばグレアムを害するつもりでやってきたのに、彼は怒ってさえおらず、それ程大事だったはずのものだから、と言ってくれる。

熊にさえ圧勝する彼にとってシリルの攻撃などまったく無意味だというのもあるのかもしれないが、それでも一度は敵意を向けたシリルに、どうしてこんなに優しくしてくれるのか。

そう問いかけはしなかったのに、グレアムはその答えをくれる。

「俺は、シリルが大事だから。シリルの大事なものは大切にしてあげたいんだ」

「……グレアムさん……」

「ちょっと……だいぶ、かな。壊されちゃったみたいだけど、間に合ってよかった」

よかったね、と銀狼が言う。狼なので人間のときほどはっきりとはわからないが、彼は笑っていた。

不意に堪らなくなって、グレアムに勢いよく抱きつく。大きな銀狼はよろめきもせずに、シリルを受け止めてくれた。

「わっ、シリル、どうしたの？　怖かった？　もう大丈夫だよ」

しっぽを振りながら、グレアムがシリルをあやしてくれる。こんなときにまで、シリルのことを心配してくれるグレアムに、目に涙が滲んだ。柔らかな毛並みに顔を埋めながら、シリルは頭を振る。

「そうじゃないです……あなたが無事で、よかった」

誰でもない、グレアムが無事で、泣きそうなほど安堵しているのだと伝えると、グレアムが小さく息を詰める気配がした。

慰めるように甘えるように、鼻先をシリルの首元に擦りつけてくる。いいよ、俺は大丈夫だよ、と優しい声で何度も言われて、また泣けてきた。

「……ブラザー・シリル」

背後から声をかけられ、振り返る。

脅威が去ったことを知ったのだろう、教会に避難していた人々がぞろぞろと姿を見せた。

「あの……その狼は」

誰かがそんな質問を投げかけてくる。

目元を拭って立ち上がり、シリルは手でグレアムを指し示した。

「先程、熊を追い払ってくれたのは、この……人狼のグレアムさんです」

人狼、とざわめきが広がった。

「狼も里を襲ったんですね？　彼らが引き上げてくれたのは、グレアムさんが説得したからです」

グレアム本人に確認はしなかったが、あの遠吠えはそういうことなのだろう。里に来る間に、何頭もの狼とすれ違った。

大きな狼だが、想像よりも、恐ろしさより神々しさが勝って見えるだろう。グレアムの、雪のような銀色の毛並みは眩《まばゆ》く美しい。

注視されたグレアムは「こんな姿でごめんね」と、人間の姿を取らないことを詫びる。彼は理由を口にはしなかったが、今戻ると全裸の状態になるからだ。

子供たちが「しゃべった」と零す。グレアムの優しい声音に、大人たちも含めて動揺しているようだった。

子供の頃から、「狼男は悪しき者」だと教えられて、この里の人々は育つ。近年では孤児だけでなく、農民の子も拐われるようになり、恐怖と憎悪は増していた。

その「狼男」が、眼前にいる。優しい声でしゃべり、里のために熊を追い払った。

大人より幾分か柔軟な子供たちが「ありがとうございました」と頭を下げる。銀狼は目を細めて、優しく「どういたしまして」と返した。不安と恐怖で色をなくしていた子供たちの顔がぱっと明るくなった。

それを微笑《ほほえ》ましく見ながら、シリルは大人たちを見据える。

「彼が、助けてくれました。……見ていたでしょう？　あなた方に棲み処を追われて、それでも助けてくれたんです」

どうしても非難めいた声色になるのを止められない。大人たちは顔を見合わせて、だって、ねえ、と言い合っている。

「――だから、言ったじゃないか！」

そう叫んだのは、サミーと仲良くしていたスミスだ。ジャックに不信感を持って協力してくれた彼は堪りかねたように「だから言ったのに！」と再び声を上げた。

「ブラザー・シリルが、悪いことするはずないって、言ったのに。本当の犯人は、悪いのは、ブラザー・シリルじゃない、だから違うって、言ったのに！」

声を震わせ、泣きながら大人たちを断じる彼の頰は、誰かに叩かれたのか赤く腫《は》れていた。

他の子供たちも「そうだよ！」と言い始めた。

子供たちに責め立てられ、大人たちがたじろぐ。だって、と口にして、彼らの視線は奥にいる司祭へと向けられた。

「――司祭様が」

その場にいる全員の視線が刺さって、まるで磔《はりつけ》になったように司祭が硬直している。

「……司祭様が、仰った。ブラザー・シリルが狼男と結託したと」

そうだ、そうだ、とざわめきが広がっていく。

「里長とともに、言いましたよね。全ての悪事は彼らの共謀によるものだと」

「あれは嘘だったのですか」

そうじゃないのですか、違ったのですか、あなた方が煽動したのではないですか、という大人たちの声音には、自分たちの意志で参画したことから目を逸らし全ての責任を司祭にかぶせるような責任逃れの意図も滲む。それが見ていて明瞭《めいりょう》にわかり、そら恐ろしくなった。

「……グレアムさん？」

だが、その中でグレアムだけが、別の人物を見つめていた。大人の中で、ひとりだけ目を司祭から逸らしていた男――ジャックだ。

ジャックは銀狼の冴《さ》えた青い瞳を向けられてぎくりと身を強張らせる。じっと射抜くような視線に晒《さら》された男はやがて、ぶるぶると震えだした。

グレアムが前脚を一歩踏み出した瞬間に、彼は祈るような恰好《かっこう》で床に伏す。前触れのないジャックの行動に、周囲も何事かと驚いていた。

「申し訳ありません、申し訳ありません……！」

床に頭を擦りつけながら、ジャックは「俺はやめようって言ったんです！」と叫ぶ。

「ジャック！」

司祭に怒鳴りつけられて、ジャックは泣きながら顔を上げて司祭を睨《にら》みつけた。

「あんたらが、借金を返せるうまい話があるっていうから俺は従ったんだ！　俺は、本当は子供を売るなんて、最初から嫌だった！」

うわあ、と慟哭《どうこく》を上げて、ジャックが顔を伏せる。

男が唐突に始めた暴露に、その場にいる全員が固まった。修道士たちも関与はしていなかったのだろう、寝耳に水の言葉に硬直している。

里の男性数人がはっと顔を見合わせ、ジャックを取り押さえた。衣類で後ろ手に縛られながら、ジャックは「俺は利用されただけなんだ」と泣き叫ぶ。

「なにを……、嘘をつくな！」

憤怒の表情で、司祭が怒鳴りつける。そんな声も顔も、シリルは見たことがなかった。

「里長とあんたが言ったんだ！　俺は嫌だって言った！」

「嘘をつくんじゃない、お前も乗り気で……っ、いや嘘だ、皆、聞いてはならない、なりません」

恐らく、ジャックの言うことも本当ではないこともあるのだろう。ジャックは借金を返すため、子供を売る行為に加担した。そのあたりは本当だろうが、嫌々やっていた、ということの真偽はわからない。

司祭がそれを否定すれば己の罪を認めたことになる。だが好き勝手言われるのも我慢ならないらしく、ひたすらに嘘だと叫んでいた。もはや、大人も子供もしらっとした表情で彼らを見ている。

――……まだ、どこかで信じていたのかもしれない。

信じたいと、思っていた。

自分の手を引いてくれた上司を、親の顔を知らない自分が、父のように思っていた司祭を。

疑いたくはないし、糾弾もしたくはない。けれど。

「……やっぱり、司祭様だったのですね」

そう呟くと、司祭は「違う！」と喚《わめ》いた。

「私ではない、全てジャックが」

「そりゃあんまりだ、司祭様！　あんただけじゃない、里長も、商家の旦那も、北の区長も、俺に色々汚れ仕事を押し付けていたじゃないか！」

責任をなすり付けようとする司祭に、ジャックは共犯者の名前も並べ立てた。新たに出た名前に、シリルだけじゃなく里の面々も愕然《がくぜん》とする。司祭以外はこの場におらず、もしかしたら里長と同様にもう生きてはいないかもしれない。

また、彼らは行方不明になったサミーを探す際に、その場に居合わせたひとたちだ。無論、立場のある人々が捜索にあたることは、なにも不自然ではなかった。

――そうか、あれは……私に、なにか別の証拠を見つけられないようにするためでもあったのか。

サミーの遺体を見つけたのは誰だっただろう。だが、シリルが現場に到着したときには既に数人がおり、遺体の周辺は彼らの足跡で踏み荒らされていた。

ひとつ疑い始めると、どれもこれも、そういうことだったのか、という思いになる。再び狼男を探しにいくと言ったときも、背後に誰かがついてくる気配があった。あれはシリルのことを心配したのではなく、なにか怪しい動きをするのではないかという監視だったのか。

――なんてことだ。

半ば想像していたこととはいえ、目眩《めまい》がしそうだった。

ふらついたシリルに、グレアムがそっと身を寄せてくれる。グレアムは、醜い言い争いをしているふたりを見据えた。

「……サミーを傷つけたのも、お前たちか」

狼男から、里の子供の名前が出て、全員がはっとこちらを振り返る。

ジャックはもはや突かれればなんでも白状する勢いで、しゃべり始めた。

サミーはあの日、偶然にも里長や司祭たちが、里の子供を拐った金銭の遣り取りをしている現場を目撃してしまった。

頻発する「狼男の人拐い事件」のせいで、日が暮れれば大人も子供も外を出歩かない。そういう事情もあり、日没後の屋外は彼らの謀議の場として利用されていたのだ。里長らもまさか、そんな時間にサミーが里の外れの道を歩いているとは思わなかったのだろう。

夕食を終えたサミーが、何故外に出たのかはわからない。ただ、子供たちが集めていた木の実が入った麻袋を持って、山の方向へ歩いていたそうだ。

話を聞かれたかどうかはわからない、けれど密謀を巡らせている大人たちにはサミーは突発的に脅威の存在となり、予定外ではあったが「狼男の被害者」に選ばれた。だがひどく暴れたため、首を絞めて殺したのだとジャックが自白した。

遺体は一時、穀物の収穫用の麻袋に入れてジャックの家の倉庫の中に置いていたという。夜中にばたばたと音がした、とエリックが言っていたのは、偽装工作用の農具やサミーの遺体を隠していたときのことだろう。

サミーの遺体は、シリルが探しに行くと言ったので、早朝に適当な場所に捨てたのだと。

「面倒だから殺してしまえと唆《そそのか》したのは、司祭様で――」

それ以上聞いていられなかったのだろう、わあっと声を上げて最初に泣いたのは、サミーと仲の良かったスミスだ。それが引き金になり、子供たちが泣き出す。動揺したのか、ジャックの目が忙《せわ》しなく動く。

「ほ、ほんとは暴れたからって、別に殺す必要はないって俺も思ったんだ。でも、話も聞かれてたし、どこで話が漏れるかわからないから、いっそ――」

「――どうして、そんな惨い真似ができたのですか」

震える声で問うと、司祭は気まずげな表情で顔を逸らした。憤りと軽蔑《けいべつ》、失望で、自分の頭から血の気が引いていくのがわかる。

サミーは、奉仕活動も一生懸命やる子だった。彼が率先して行うから、下の子たちも倣《なら》って動く。司祭や修道士に褒められ、嬉しそうに笑っている彼の顔が思い出される。彼もまた、司祭やシリルたち修道士を、親兄弟のように思っていたはずなのだ。

「司祭様に裏切られ、あの子がどんなに傷ついたことか……どうして、わからないのですか……！」

堪えきれず、涙が溢れた。

想像するだけで胸が潰れそうだ。きっと、今のシリルの比ではないほどに、サミーは傷つき絶望しただろう。

この激憤は、彼らに対してだけのものではない。己に対する忿懣《ふんまん》だ。

サミーは、死なくてもいいはずの子だった。

シリルがもっと、考えて行動していれば。もっとちゃんと立ち回っていれば、あのとき一緒に山を下りれば、サミーを帰さずに一度泊めていれば――今頃まだ笑ってここに立っていたかもしれない。

頽《くずお》れそうになるシリルを支えるように、グレアムが寄り添ってくれる。

ジャックは、とにかく自分だけが罰せられてなるものかとばかりにしゃべり続けた。

「狼男によるものだと偽装するため、農具でサミーの喉や胸元を切り裂けと指示したのも、里長と司祭でした」

司祭はまだ悪あがきをして、幾度目か「嘘を言うな！」と叫ぶ。

「……そっか」

ぽつりと、グレアムが呟きを落とす。

「じゃあ、教えてあげる」

「グレアムさん……？」

そう言うなりグレアムは、とっ、と軽やかに跳躍した。わあっとジャックが頭を抱えて床に伏せる。

グレアムはジャックを飛び越えて司祭の目の前まで距離を詰め、その鋭い爪で彼の祭服を袈《け》裟《さ》懸《が》けに切り裂いた。司祭は声もなく目を見開き、尻もちをつく。

がたがたと震える彼の服には四条の爪痕が付き、その下の皮膚一枚だけが薄く傷ついていた。

その爪痕の鋭さも、太さも、サミーのものとはなにもかも違う。

「これが本物の、『狼男』の爪痕だよ」

いつも通りの優しげな声だったが、司祭にとってそれ以上恐ろしいことはないのだろう、司祭は痙攣《けいれん》するように震えながら、はひ、はひ、と情けない呼吸か相槌《あいづち》かわからないものを漏らしていた。

「……俺が黙っているのをいいことに、よくも百年、濡れ衣を着せてくれたね？」

グレアムが言うと、司祭は震え上がった。

「ちが、違います……私が子供を拐ったのは、この十年ばかりです！」

人狼の寿命は人間と変わらないということを知らない司祭は、百年間全ての責任を取らされては堪らないと思ったのか、本当の自分の犯歴を暴露した。

十年、つまりここに赴任したときから――シリルを誘ってくれたときからずっと、彼は子供を売っていたのだ。

司祭は、前の教会に勤務していたときから、孤児を売って金を稼いでいたという。シリルが育った孤児院に奉仕活動にやってきていたのも、物色するためだったのだと知って愕然とした。

当時は都会にほど近い場所で、あまり派手に販路を広げてはいなかったが、そこで買い手や仲介の伝手《つて》は得たという。

そして新しくこの里に赴任することが決まったときに、里には「狼男の言い伝え」が古くから根付いていることを知り、それを利用して子供を売買することを思いついたのだ。里長や、里の裕福な者に話を持ちかけ、荒稼ぎしていた。

「……どうして」

シリルの声に、司祭の目がこちらを向く。

「どうして、私を誘ってくださったのですか」

あまり聞きたくない答えが返ってくることはわかっていたが、一生抱えてしまいそうだった疑問を訊かずにおれなかった。司祭は顔を顰める。

「……ひとりでも、見習いを引き取って修道士にしたという実績を作っておけば、疑われぬだろう、と……」

返答に、シリルは瞠目する。

「——まさか」

今まで、シリルがここで見習いとなってから、孤児が何人か見習いとしてもらわれていった。そのうちの幾人——殆どは、修道士見習いではなくどこかへ売られていったのか。

年を重ねれば高く売れない、と司祭が言う。孤児院で面倒を見ている子供の最年長は、死んだばかりの十歳のサミーだ。子供たちは今まで、十歳を過ぎるまでに何らかの理由で孤児院を離れていったからだ。

衝撃的な事実を知って絶句した瞬間、グレアムが司祭に向かって咆哮を上げた。

「――――！」

熊と同じくらい大きな狼が、があっと大きく口を開いて地響きが起こったのではと思うほど怒号する。

司祭は声もなく悲鳴を上げ、白目を剝いて昏倒《こんとう》した。吠えられた司祭だけではなく、その場にいる全員が立ち竦む。

だが、皆が司祭ほどには恐怖を覚えないのは、その怒りが酷《ひど》い目にあった子供たちを嘆く、優しい心によるものだと知っているからだ。

「……あなたたちも知っていたの？」

小さく息を吐き、グレアムは子供たちや里人の壁になるように立っていた修道士たちを睨む。だが、彼らもまたシリルと同様に、吠え声に怯《おび》えたからではなく司祭の告白に顔面蒼白となっていた。

グレアムに質問をされていることに気づくのにも遅れ、怒りと失望に身を震わせながら、頭を振った。

それを見て、彼らは関与していなかったと、そのことだけはわかって少しだけ安堵する。

「……そう」

悲しげに答え、重い足取りで戻ってきたグレアムを、シリルは両腕で抱きしめた。グレアムのにおいを吸い込むように深呼吸する。

「シリル」

ただ名前を呼ばれるだけで、強張っていた心が少しだけ和らぐ。泣かないで、と言われて、銀色の毛並みに顔を埋めた。

「ブラザー・シリル……」

おずおずといったように、里人たちが近づいてくる。顔を上げると、里人たちはどこかぎこちない笑顔でシリルとグレアムを見ていた。

「今まで、ごめんなさい」

「あなたたちのせいにして、ひどいことをして……」

集団恐慌に陥っていた彼らは、動物たちの反逆にあい、司祭たちとの遣り取りを見て、やっと冷静さを取り戻したようだった。

「不安で、混乱していたんです」

「それなのに助けてくださって、ありがとうございました。本当に……申し訳ありませんでした」

里人たちはグレアムとシリルに、深く頭を下げた。

彼らもシリルが裏切ったと怒ってはいただろうが、ここに残っていたということは、山へ火をつけに行かなかったひとたちだということになる。子供を残していけない、という事情もあっただろうが、それだけでまだましかと思えた。

同僚の修道士たちも、グレアムに「感謝いたします」と頭を下げ、シリルにも「ありがとう」と言った。

「山へ行ってしまった里長がどうなっているのかわからないが、もし生きていても、罪を償ってもらいます」

「新しい主導者は区長の誰かに仮で立ってもらうことにして、とにかく今は、やることが沢山ありますね」

「里の再建には時間がかかるかもしれませんが、皆で協力すればきっと大丈夫ですよね」

「これから大変になります、頑張りましょう」

異口同音に意気込みを見せる彼らを目にし、シリルは柔らかな毛並みの狼に抱きついたままグレアムを見る。グレアムは、澄んだ青色の瞳を細めた。

優しく、どこか諦めたようなその目を覆う瞼の上にそっとキスをして、立ち上がる。

「――そうですか。じゃあ、私達はこれで」

そう切り出したシリルに驚いたのは、里人たちだけではない。グレアムも目を丸くしている。

「行きましょう、グレアムさん」

「い、行くって、どこへ？」

その場の全員が思っているであろう問いかけをしたグレアムに、シリルは手を顎《あご》にあてて思案する。

「……グレアムさんのおうちはもう焼けちゃったかもしれないです。だから、別の、どこか違う場所へ行きましょう」

ふたりで暮らせる場所を探しましょう。

そう言うと、青色の目が大きく見開かれ、グレアムのしっぽがブワッと広がった。宝石のような瞳の表面に薄らと水膜が張る。動揺しているのか、ゆらりと視線が揺れた。

「で、でも……」

グレアムがちらりと里人を振り返る。

きっと、シリルがここに残って里のことを色々と世話をし、仕切ってくれるのだろうと当然のように思っていたのだろう。全員がぽかんとしていた。

「ブ、ブラザー・シリル……」

躊躇《ためら》いがちに声をかけられ、微笑みを返す。

「力にはなれませんが、復興を心より願っています。……私は、一度死んだ身ですから」

狼男を退治しにいってくれ、と言われたときに、彼らの中で自分は一度殺された。既にいない、幽鬼のような存在はいてもいなくても同じことだろう。

里長だけではなく司祭の席も空いてしまうが、修道士たちはまだ全員生き残っているのだ。シリルがいなければならない理由も見当たらなかった。

「で、でも」

「やる気のある言葉が聞けて、よかったです」

彼らはつい先程、やることは沢山ある、時間がかかるけれど里人で協力すれば大丈夫、頑張りましょう、と口々に言い合っていた。

確かに言った覚えがあるのだろう、彼らは困惑したように口を噤む。

「じゃあ、私達はこれで」

そんな、と不満げな声が上がったのとほぼ同時に、子供たちがわっと駆け寄ってきた。

先頭をきって抱きついたのはスミスで、彼は「ありがとうございました」と鼻を啜った。

「ありがとうございました……サミーを殺した犯人、見つけてくれて……」

潤む彼の瞳に、シリルの胸にも色々なものが込み上げてくる。シリルは頭を振った。

「いいえ……いいえ、スミスのお陰です。……頑張りましたね、ありがとう」

シリルの無実を訴えて叩かれたらしい頬を撫でてやる。スミスは顔をくしゃっと歪《ゆが》ませて、声を上げて泣いた。その後ろから、他の子供たちも寄ってくる。じっと見つめる子供たちの瞳に、ここから早急に立ち去ろうと思っていたシリルの心が僅かに揺らいだ。

大人はともかく、子供たちについては色々と心残りでもあり、引き止められたら突っぱねられるかわからない。

けれど、子供たちは意を決したように「お気をつけて！」と言ってくれた。

「え……」

その言葉が意外で、シリルは思わず目を瞠る。

「……俺たち、頑張るから。ちゃんと」

一度シリルが山に入って戻らなかったときに、そう決めたのだと彼らは言う。本当の悪は「狼男」ではなかったけれど、そのときから彼らの決意は変わっていないのだ。誰も欠けないように、助け合って生きていこうと。

「だから、大丈夫です。ブラザー・シリル」

「心配しないでください。みんなでやっていくから」

ただほんの僅かな間いなくなるというわけではない、シリルはきっともうこの里へは戻ってこないのだと、子供たちは子供たちなりにわかっているようだった。そして、大人たちが沢山いなくなってしまった里の現状も。

それでも、彼らはシリルを送り出してくれる。

そこには、「人に頼らずに自分たちでなんとかしよう」という気持ちが表れていたし、普段彼らと一番よく接していたシリルを、彼らもまたよく見ていたのだ。修道士のシリルがどういう扱いを受け、また、シリルがどういう気持ちでいたのか。

だから、もう気にしないで自分のために生きてほしいと、そう言われて背中を押されているような気がした。

山へ初めて入ったときにもらったお守りのペンダントを、服の上からぎゅっと握った。

「ブラザー・シリル。今までありがとうございました」

「またいつか、来てください」

気丈にもそう言ってくれる子供たちに、涙を堪えて頷く。

グレアムは子供たちに「狼さんもまたね」と頭や体を優しく撫でられて、なんとも擽ったそうな顔をしていた。

中身は成人男子なのだけれど、と思いつつも口を挟まなかったのは、グレアムがそれはそれで嬉しそうにしていたからだ。

互いに名残惜しい気持ちはあったが、じゃあ行きましょうか、と声をかけてふたりで並んで歩き出す。

咎めるような縋《すが》るような視線も感じたが、黙殺して振り返らなかった。

——今まで、ずっと恩を感じていた。

孤児だった自分が大きくなれたのは、周囲の人々のお陰だと思っていた。それ自体は間違いではない。感謝することも、誤りではなかった。

献身的なことは悪いことではないけれど、自己犠牲に過ぎる精神は、子供たちや周囲の大人たちにとってもあまりよいものではなかったのだと、今は思う。

誰かを踏みにじって良い、という精神がいきすぎれば、司祭や里長のようになるのかもしれない。

——命にかえねば、恩返しにならないと思っていた。

それは、正しく誤りであった。

けれど、これからは自分のために生き、グレアムとともに生きようと決めた。

グレアムに大事にされている自分を、大事にしようと決めたのだ。

——ああ、でも。

グレアム本人に、はっきりとそのことを確認していなかった。

「シリル」

声をかけられて、はっとする。グレアムは「荷物ありがとう」と言ってシリルから鞄を受け取り、狼の姿から銀髪の青年の姿へ変わった。

鞄から出した服に袖《そで》を通しながら、グレアムはちらりとこちらに視線を向ける。

「……本当に、よかったの？」

確認する響きの問いに、シリルは首を傾げた。

「私とともに生きるのは、嫌でしょうか」

問いかければ、グレアムはぷるぷると頭を振る。出し抜けに、彼の両腕に抱き竦められた。

「嫌じゃない。嫌なわけ、ない！」

矢継ぎ早に否定してもらい、シリルはほっと胸を撫で下ろす。嫌なわけないじゃない、と耳元で言う彼の声は震えていた。

その背中に腕を回し、抱きしめ返す。グレアムが小さく息を呑む気配がした。

「行きましょう、ふたりで新しい場所へ。……色々なところを見に行きましょう。ふたりで住める、家を探しに」

うん、とグレアムが頷く。

うん、うん、と何度も言うその声は、涙で少し上ずっていた。

「……もう、ひとりじゃない」

それは、シリルに言ってくれたのか、グレアム自身のことを指しているのか、或いはその両方なのか。

はい、と頷いたら、優しく触れるだけのキスが唇に落ちてきた。

いつまでもともに

「この家はおすすめですよ。おふたりで住まれてもじゅうぶんな広さがありますし」

そう言いながら、役場の担当者が窓辺に近づく。しばらく開けていなかったせいか、窓は埃《ほこり》と軋《きし》むような音を立てて開いた。潮の香りのする風が吹き込んでくる。故郷とはにおいも湿度もまったく異なるそれに、違う土地へやってきたのだなとグレアムは改めて実感した。

「小高い場所にあるので、海もよく見えますよ」

そう言われて、グレアムも窓に駆け寄った。

小さな庭の向こう側、見下ろす風景には、いくつも立ち並ぶ家々と忙しく働く人々、その先には海が広がり水面がきらきらと反射している。

「シリル！　すごい、海だよ！」

振り返って窓の外を指させば、修道士でありグレアムの恋人でもあるシリルが傍らへとやってきた。シリルの深い色をした瞳《ひとみ》がぱあっと明るくなった気がする。

「本当ですね、すごい……」

そんな一言を漏らし、景色を眺めていたシリルが、思い立ったように深く呼吸をした。先程のグレアムが感じた風の違いを、シリルも感じているのかもしれない。同じことを考えているのかなと思うだけでなんだか嬉《うれ》しかったし、感嘆するシリルにほっとする。

グレアムとシリルが故郷を出てこの街を目指し、三ヶ月が経過していた。

到着して最初にしたのは、役場へ行って住む家を探すことだ。

丘の上に、半年前まで老夫婦の住んでいた空き家があるとすぐに紹介してもらえたのは本当に幸運だったと思う。

しかもこの家は最低限の家具付きだ。港から少々離れた小高い場所にあり、柵はあるものの庭の先が斜面となっているのであまり人気がなく、半年間買い手も借り手もつかなかったとのことだった。

「シリル、ここで……この家でどうかな？」

どきどきしながら訊《き》くと、外の風景に見惚れていたシリルがはっとグレアムのほうを向いた。

彼はこくりと頷《うなず》く。

「すごく、いいと思います」

その返答に、グレアムは胸を撫《な》で下ろした。

「――では、こちらの家でよろしいですか？」

担当者に問いかけられ、グレアムとシリルは顔を見合わせて「はい」と頷いた。

「では、これから書類を用意いたしますので、明日、役場に改めて手続きに来てください」

「わかりました」

「それと、町長が新しく来られた修道士様にご挨拶《あいさつ》がしたいということで……よろしいですか？」

「あ……と、それは今日、今からですか？」

シリルが気にしたようにこちらを見るので、いいよいいよと手を振った。

「荷解きは任せて、行っておいでよ。大事なことなんだからさ」

グレアムの言葉にシリルは申し訳なさそうな顔をし、それから微笑《ほほえ》んだ。

「ごめんなさい、帰ってきたら私もやりますので、残しておいてください。……じゃあ、いってきます」

「町長さんには俺の分もお礼を言っといて。いってらっしゃい」

ふたりを見送って、グレアムは袖《そで》をまくる。

「よーし、頑張るぞ」

荷解きも、これから始まる新しい生活も。

備え付けの家具にふたりの荷物を収納しながら――それがここに長くとどまれる証《あかし》のような気がして、ほっと息を吐く。

故郷の里を出たグレアムとシリルは、まずどの地域を目指すかを話し合い、この港町に決めた。

選んだ理由は、大きな港があり、それなりの規模の都市であったからだ。都会の港町であるということは、貿易が盛んであり、航路からも陸路からも人の出入りが多い。つまり余所者《よそもの》である自分たちが紛れ込みやすく、また都会で仕事も得やすいと踏んだのである。その予想は幸いなことに当たっていた。

そして、もし万が一なにかあった場合、他所《よそ》へ移動しやすいからだ。

——勿論《もちろん》、何事もないにこしたことはないけれど……。

グレアムとシリルの一番の願いは、「家」を見つけることだ。ふたりで過ごせる穏やかな場所が、欲しかった。

いくつか里や村、町などを転々とし、シリルは流れの修道士として、そしてグレアムは力仕事の日雇いをしながら路銀を稼ぎ、三ヶ月ほどの時間をかけて辿《たど》り着《つ》いた。

——無事に街に着いて、こんなにいい家も見つかってよかった。俺についてきてくれたシリルを、後悔させたくない。させないように、頑張らなくちゃ。

終《つい》の棲《す》み家《か》となるかは今はまだわからないけれど、とにかくここが穏やかにふたりで暮らしていける場所になることを、願うばかりだ。

ある程度荷物を片付け、部屋の掃除を済ませた頃には日が傾き始めていた。

幸いにもこの家には燃料資材の備蓄もあり、庭には井戸もあったのであまりすることがない。それは大変助かるのだが、こういうときは手持ち無沙汰《ぶさた》だ。シリルはまだ戻ってこない。

「……そろそろ、夕飯の準備しようかな」

とはいっても、まだこの家には調理器具も材料もなかった。

あとで散歩と見学がてら、街に下りてみようか。そんなことを考えていたら、ばたばたと走る気配が近づいてきた。

「──グレアムさん、すみません遅くなって！」

息せき切って駆け込んできたシリルに、グレアムは目を丸くする。

「ど、どうしたの？」

「町長さんとお話をしていたら、長引いてしまって……あの、夕飯は」

頭を振ると、シリルはほっと頰《ほお》を緩めた。

「町長さんが持たせてくれました」

そう言って、蠟《ろう》引《び》き紙に包まれたサンドイッチを鞄《かばん》から取り出す。同居人であるグレアムの分まで包んでもらえたらしい。

人の親切をありがたく思う気持ちとともに、シリルに頼り切りの自分に対する情けなさが湧いたが、笑顔で押し込んだ。

「……わあ、町長さん、優しい人なんだね。ありがたくいただこうよ。お茶淹《い》れるね」

「あ、じゃあ私も食卓の準備をしますね」

互いによろしく、と言い合ってそれぞれ作業をする。お茶を淹れて運ぶと、食卓の上の燭《しょく》台《だい》に蠟燭《ろうそく》が立っていた。先程まではなかったので、それもきっとシリルがもらってきたのだろう。淡い橙《だいだい》色の炎がゆらめいて、部屋をぼんやりと明るく照らしていた。

「それじゃあ、いただきましょうか」

「うん」

互いに互いの神へ祈りと感謝を捧《ささ》げて、サンドイッチを手にとった。野菜、チーズ、塩の利いた肉などが沢山挟まっていて、豪華だ。味もとても美味《おい》しい。

美味しいね、と笑いかけると、対面のシリルも笑って頷く。

グレアムがサンドイッチをひとつ平らげたのと同時に、シリルが「すみませんでした」と再びの謝罪の言葉を口にした。

「なにが？」

「思ったよりも遅くなってしまって……、グレアムさんだけに、荷解きや部屋の整理をすべてお任せすることに」

「ああ、そのことかぁ。さっきも言ってたけど、謝らなくていいんだよ。……俺《おれ》、そんなにお留守番するの寂しそうにしてた？」

ちょっと揶揄《からか》うつもりで言ったら、シリルは慌てたように首を振った。

冗談を言ったはずが、シリルの慌てぶりを見るに、実際そうだったのだろうかと焦る。もし自分が狼《おおかみ》の姿だったら、本当に耳と尻尾《しっぽ》が垂れていたのかも、と思うとちょっと恥ずかしい。

「町長さんとなに話してたの？」

ほんの少し話題をずらすと、サンドイッチを食んでいたシリルは咀嚼《そしゃく》し飲み込んでから口を開いた。

「ありがたいことに、お仕事の話をいただきました。それで、いくつかの仕事場の案内と、説明などをしていただいていたら、思った以上に時間が……」

「いくつかの仕事場って？　教会じゃないの？」

確か、この街の教会の宗派はシリルと同じだと聞いている。そのことも、この港町を居住地として選んだ理由のひとつだった。

「ええ。前の里でも教会内だけで仕事をしていたわけではなかったのですが、この街は規模が大きいので、修道士の仕事も多岐にわたるようです」

例えば、孤児などは多くの村や里では教会の敷地内の建物で育てるが、この街では「孤児院」として独立した施設があるらしい。その他にも、養老院や学校、保育施設など、教会の関わる福祉が充実しているようだ。そのぶんやることも多く、修道士の手はいくらあっても大歓迎なのだろう。

「親切な町長さんでよかったね」

「そうですね。とても、ありがたいことです」

町長は敬虔《けいけん》な信徒だといい、新参者のふたりがすんなりと入居を許可されたのも、シリルが修道士だったから、ということが大きそうだ。

――……シリルには、いつもいつも、助けられてばっかりだな。

ここに辿り着くまでも、シリルのお陰ですんなりと事が運ぶことは幾度もあった。それは、シリルが修道士だったからである。

修道士という職業は、とかく社会的な信用が高いのだ。グレアムひとりであったらきっと軒先も貸してもらえないことのほうが多かっただろう。

――この街では、シリルの世話になりっぱなしにならないように、俺も頑張らないと。

今まで本当にシリル頼みのことばかりだったので、挽回《ばんかい》せねばならない。

「……グレアムさん？」

呼びかけられて、はっと顔を上げる。意気込みすぎて、食べかけのサンドイッチを睨《にら》んだまま固まってしまっていたようだ。

内心焦りつつも笑顔を取り繕い、サンドイッチを一気に頬張る。お茶で流し込んで、シリルににっこりと笑いかけた。

「俺も、明日から仕事を探しにいくよ！　応援してて！」

「グレアムさんなら、すぐ見つかりますよ」

「だといいけど。じゃ、片付けてもう寝よっか」

シリルとともに皿などを洗って片付けながら、ふと疑問を覚える。

――そういえば、俺たちってどういう関係って認識されているんだろう。

今までの経験上、シリルはその身なりから修道士だとすぐに認識される。その傍らにいる大柄な自分は、説明なしだと大抵は旅の用心棒か下男だと思われることが多かった。グレアムとしては別にどちらでも不都合はなかったのだが、下男だというとシリルが怒ったように訂正するので、用心棒だと名乗っていたものだ。

――道中はそれでよかったけど、棲み家なら「用心棒」が同居するのってちょっと変だよね？

家を貸してもらった際に特に訊かれなかったので答えはしなかったが、一体どう思われているのか謎だ。兄弟には見えないし、やはり下男が自然だろうか。

――恋人や番《つがい》には……思われてないよねえ。

ちょっと残念な気持ちがないと言えば嘘《うそ》になるが、勿論喧伝《けんでん》する気はない。自分にとってもシリルにとっても同性同士の関係は特に禁忌ではないとはいえ、世間一般的にはそうではないのだ。

「グレアムさん」

「ん？」

服の腰の部分を控えめに引っ張られ、振り返る。不意打ちで近くに立っていたシリルに、胸が大きく跳ねた。だがそれを顔に出さないように努めて、首を傾《かし》げる。

「なーに？」

「食器棚の前でぼんやりしているので……どうしたのかなと、思って」

「あ、うん。どんな仕事がもらえるかなって思って。さ、休もう休もう」

殊更明るく言って、グレアムはシリルの背中を押すようにして移動した。

この家の寝室は、居間を挟むようにふたつある。けれど当然のように、ふたりでひとつの部屋に入った。昼間のうちに敷布や掛布は洗濯して干したので、清潔にできているはずだ。

「よいしょ……っと」

扉を閉めるのとほぼ同時に、グレアムはいつもと同じように狼の姿になる。ちらりとシリルを見上げると、彼は嬉しそうに目を細めてグレアムの首のあたりを撫でた。優しい掌《てのひら》の感触に、幸せな気持ちがこみ上げる。

——毎日飽きないね、シリルも。……俺も気持ちいいから撫でられるの大好きだけど。

ともにベッドへと上がって、蠟燭の火を消した。今日の月は大きく、満月ではないが室内を照らすほどに明るい。シリルの顔がいつもよりもよく見えた。

「じゃあ、おやすみシリル」

枕元に横たわって丸めた体に、シリルが身を預けてくれる。これが自分たちの、いつもの寝姿だ。

「おやすみなさい、グレアムさん」

優しく鼻先を擦り寄せあって、目を閉じる。

ここまでの長旅、そして一日中仕事場を巡っていたこともあって疲れていたのだろう、シリルはすぐに寝息を立て始めた。

そっと瞼《まぶた》を開き、恋人の寝顔を確認する。

寝具にするように縋《すが》り付いてくるシリルに、グレアムは知れず喉《のど》を鳴らした。

シリルからは、いつも甘いにおいがする。花や菓子とは違う、シリル特有のいいにおいだ。

――うう……我慢我慢……。

旅を始めてから、グレアムは殆《ほとん》ど毎日、寝るときは銀狼の姿をとっていた。

道中、寝床が満足に用意できなかったりすることもあり、防寒対策や寝具代わりとして己の天然の毛皮をシリルに提供していたのだ。

寒さを凌《しの》げるからという理由ばかりではない。シリルがこの銀色の大きな狼の姿を愛《め》でてくれているから。

その事実は嬉しいことだ。群れからはぐれる原因となり、親を失う一因となった自分のもう一面の姿をグレアムは長いこと苦しく思っていた。それを大好きなひとに愛してもらえて幸せだと思う。

だが、眠るときに変身するのをやめるきっかけを、完全に見失ってしまった。

――ねえシリル。……本当なら毎日、狼じゃない姿でも触りたいんだよ？

すっかり寝入ってしまっているシリルの綺麗《きれい》な顔を眺めながら、そんなことを胸中で呟《つぶや》く。だが、僅《わず》かな警戒もなく寄り添ってくれるシリルに、文字通り狼のごとく牙《きば》を剝《む》くわけにもいかない。

人間の姿で同じベッドに入らないのは、自らを律するためでもあった。

――……シリルはもう、俺とああいうことする気、ないのかなあ……。

キスだけなら、沢山している。唇だけでなく、頰や額、髪、指先に至るまで毎日どこかしらにしているのだけれど、シリルを抱いたのはグレアムの家でした最初のあの一度だけだった。

――最初がすごく痛かったとか……それとも、あの日に嫌な事件があったから、そのせいで嫌な思い出になっちゃってるとか……。

肯定されるのを想像するだけで怖くて、確かめる勇気は出そうにない。無垢《むく》な顔をして穏やかに眠るシリルに、小さく溜息《ためいき》をつく。

清廉潔白なその寝顔に毎日むらむらしていることが知れたら、軽蔑《けいべつ》されてしまうだろうか。嫌われるのは、嫌だ。

毎夜そんなことを悶々《もんもん》と考える一方で、寄り添うだけで幸せなのも本当だ。

――でも、それよりも今はとにかくちゃんとこの街で仕事をして、人間社会に馴染《なじ》むのが先!

両親には、自分が下手を打ってしまったせいで群れからはぐれることとなり大変な苦労をかけた。そして、そのことが遠因となって自分は大切な家族を失った。

今は、シリルが一番大切な存在で、苦労もさせたくないし失いたくない。

頑張らないと、と不安と緊張を抱えながら、グレアムは目を閉じた。


翌日、早朝に家を出たシリルを見送ってから、グレアムは予定通り役場へと向かった。賃貸契約の他にも書類を出す必要があるというのだ。

この街は人の出入りなども多いためか、居住者に関する公簿を作成している。生年月日や生まれた土地、現住所などが管理されるものだ。

シリル曰《いわ》く、以前いた里では住人の名前と屋号程度はまとめられていたそうだが、この街ほどしっかりとしたものではなかったらしい。

窓口へ出向くと、昨日家を案内してくれたときとは別の役人の男性が、得心したように「あ、新しい修道士様の」と愛想よく応対してくれた。

「え……シリルを知ってるんですか？」

「ええ。昨日のうちに、町長が張り切って職場に案内してましたからね。同居人の方がいらっしゃるとうかがっていましたし、町長からはすぐに転入の手続きができるようにとお達しがありましたので」

「そうですか……ありがとうございます」

ぺこりと頭を下げたグレアムに、男性はいえいえと笑い、公簿の手続き用の用紙を出した。

この街でも例外ではなく、シリルのお陰で事がすんなりと運んだらしい。グレアムは山に住んでいたときに何度か人里まで下りたことがあったが、信用を得て顔馴染みになるまではいつも大変だった。

――シリルは、すごいなぁ。

ふたり分の記帳をしながら、グレアムは役人に「あのう」と声をかけた。

「仕事を得たいのですが、なにかないでしょうか。力仕事なら、得意です」

グレアムの問いに、役人はそれでしたら、と入り口横の掲示板を手で指し示す。

「あちらに求人情報などが掲示してありますので、ご覧になってください」

「わかりました、ありがとうございます」

記帳を終えて席を立ち、再び頭を下げる。

掲示板には、様々な大きさの紙が無造作に貼られていた。求人を出している団体や個人が、直接貼り付けているようだ。連絡先も、役場の窓口へ、というものから仕事場に直接というものまで様々だ。

果たして自分でも務まりそうなものがあるだろうかと不安になりながら、一枚一枚目を通す。

——あ、これいいかも。

目についたのは、船着き場での荷役の仕事だった。その給与の高さは求人の中でも群を抜いていい。

荷受けや荷渡しの仕事はとにかく体力勝負ということもあるのだろう、募集条件は「若くて体力に自信のある男」と荒っぽい文字で書かれているのみだ。

——体力には自信がある。行ってみよう。

礼を言って役場を出て、求人情報を頼りに船着き場へ向かう。道中、今までの町などとは比較にならないほどひとが多いな、という感想を改めて抱いた。

「うわ……」

港に着くと、今まで見たこともないような大きな船が何隻も連なっていて、思わず声を上げてしまう。

昨日は港を遠目に見るばかりだったから、こんなにも巨大だとは思わなかった。グレアムは山育ちだが、港には幾度も行ったことがあるし、客船も貨物船も見たことがある。己の見知ったものと同程度のものもあるけれど、大きさも規模が異なる船がずらりと並んでいた。

——都会と田舎で、こんなにも違うんだ……。

あんぐりと開けてしまっていた口を閉じ、慌てて上屋《うわや》へと足を向ける。

開けっ放しの出入り口を覗《のぞ》くと、幾人もの男たちが忙《せわ》しなく動き回っていた。指示や掛け声が怒号のように飛び交っており、どう声をかけたものかと迷う。

「――なに、なんか用か？」

グレアムが声を上げようとしたのより少し早く、大きな麻袋を抱えた男がそう問いを投げかけてきた。

「あ、ええと――」

身長も年齢もグレアムと変わらないくらいだろうか、少し癖のある鋼色の髪と空色の虹彩が印象的な、美丈夫だ。

初対面のはずなのに、何故《なぜ》か初めて会う気がしなくて、無意識に対面の男をじっと見つめてしまった。

男が怪訝《けげん》そうに首を傾げたので、慌てて言葉を継ぐ。

「あの、役場で、求人を見て来たんですけど」

グレアムのその言葉に、男の表情がぱっと明るくなった。彼は背後を振り返り「親方！」とよく通る声で叫ぶ。

その声に、木箱を抱えていた三十代くらいのずんぐりとした体型の男性が顔を上げた。

「これ新人！　人手が増えましたよ！」

グレアムを顎《あご》で指しながら言う彼の言葉に、周囲からも「おお」と歓声が上がる。親方と呼

ばれた男性の視線がこちらへと向き、グレアムは慌てて頭を下げた。

親方は荷物を置いてグレアムの傍にやってくると、頭のてっぺんから爪先《つまさき》までを矯《た》めつ眇《すが》めつ眺めて、にやりと笑う。

「お前に負けず劣らずの色男じゃねえかよ、オリバー！　お行儀良さそうだが、この仕事に耐えられるのかあ？」

一瞬お断りの返事かと思いぎくりとしたが、その声音には揶揄うような雰囲気だけがあり、拒否は感じられない。

鋼色の髪の彼——オリバーは目を細め、麻袋を片手で持ち直し、もう一方の手でグレアムの背中を叩《たた》いた。ちょっとよろめきそうになったが、背筋を伸ばして堪《こら》える。

「色男が働き者なのは俺でお墨付きでしょ？　俺が保証しますって」

よく言うぜ、と周囲から大きな笑い声が上がった。

グレアムとしては、自分の人となりも知らないうちから「保証」だなんてしていいのだろうかと驚いてしまう。軽口なのはわかっていたが、自分の粗相に誰かが責任をとらなくてはならないという状況には、緊張させられるものだ。

だが同時に、そんな冗談であっても、親しげに扱われたことを嬉しく思ってしまう。

そんなグレアムの表情を見て取ってか、親方はくっと笑った。笑うととても人が好さそうで、ほんの少し緊張がとける。

「オリバーが保証するってことなら、じゃあ採用だな」

「えっ、いいんですか⁉」

どうやら今の流れで本当に本採用に至ったらしい。あまりの速さに驚いて、つい声を上げてしまうと親方に睨まれた。

「なんだ、嫌なのか？」

「いえ！　ありがたいですけど！」

慌てて首を振れば、それも冗談だったらしく親方は豪快な笑い声を上げる。

「じゃあ今日からでもすぐ入ってくれや」

「はい！　お世話になります！」

「親方ぁ、そもそも人手不足で猫の手も借りたいんだから、保証もくそもないでしょうが」

「重労働すぎて若いもんしか採用できねえんだからさぁ」

別方向から飛んだ野次に、親方が「うるっせんだよ！」と怒鳴りつけると、また笑いに包まれた。忙しく、言葉遣いは荒い職場だが、仲間の雰囲気は良さそうだ。

「ありがとうございます！　頑張ります！」

勢いよく頭を下げれば、あちらこちらから「よろしくな」と声がかかった。その間も手を止める者はおらず、働き者が多いらしいのも好感が持てる。

「おい色男その二、名前は？」

親方に問われて、慌てて「グレアムです！」と大きな声で答える。

「グレアムな。オリバー、慣れるまでお前が面倒見てやれ」

保証すると言ったからというわけでもないだろうが、教育係はオリバーに決まったらしい。

「了解でーす。ということで、オリバーだ。よろしくな」

差し出された手を握り、頭を下げる。

「お世話になります。よろしくお願いします！」

オリバーは力強くグレアムの手を握り返しながら「よろしく、後輩」と笑った。


仕事を終えて帰路につくと既に家に灯りがついているのが見え、グレアムは駆け出した。

「シリル！　ただいま！」

逸《はや》る気持ちが抑えられず勢いよく扉を開くと、先に帰宅していたシリルが振り返る。彼はひとりで夕飯の準備をしてくれていた。

「おかえりなさい、グレアムさん」

この街に来るまでは、グレアムが仕事帰りのシリルに「おかえり」と声をかけることのほうが多かった。シリルと違って、安定した仕事を得ることができず、日によっては日雇いの作業ももらえないことが多かったからだ。

おかえりを言ってもらえた嬉しさと、それがもう彼に頼るばかりではないということの証明のような気がして、感極まってシリルに抱きついてしまった。

「グ、グレアムさん⁉」

「あのね、聞いて。俺、仕事が決まったんだ！」

自分が狼の姿ならきっと尻尾を振ってしまっているだろうなと思う。けれどシリルも、我がことのように目を輝かせて喜んでくれた。

「本当ですか⁉　おめでとうございます！　なにかお祝い……あっ、今日はシチューなんですけど、お肉をもっと入れればよかったですね……！」

グレアムの好物を沢山用意すればよかったと慌てたように言うシリルが愛《いと》おしくて、胸が苦しいくらいに甘く疼《うず》いた。思わず、抱きしめる腕に力を込めてしまう。

「ううん、すっごく嬉しい」

シリルが一緒にいてくれて、喜んでくれて、笑ってくれて、それだけで、嬉しくて幸せだ。だけど、今までは路銀を稼ぐのもシリルに頼りきりになることが多くて心苦しかった。

これからは、自分も家計を、そしてシリルを支えられる。

「今日から早速働いて……あっごめん、俺汗臭かったかも！」

恥ずかしい、と慌てて手を離すと、シリルは目をぱちぱちと瞬かせ、今度は彼のほうから抱きついてくれた。珍しいシリルからの接触に、小さく息を呑《の》む。

——嬉しい、けど、絶対汗臭いし埃っぽいよぉ……俺なんで外で水浴びしてから家に入らなかったんだろう～……。

それは家の灯りがついていたのが嬉しすぎて直行してしまったからに他ならない。バカバカ俺のバカ、と思いつつ、おずおずと抱きしめ直す。

シリルはグレアムの胸に埋めていた顔を上げ、上目遣いにこちらを見つめた。身長に差があるせいで、いつも彼はグレアムを見上げる格好になるのだが、いつ見ても胸がときめく。

「シリル、キスしてもいい？」

堪らずにしてしまった唐突な問いかけに、シリルは一瞬ぽかんとし、それから真っ赤になった。戸惑うようにその瞳が揺れ、瞼《まぶた》が恥ずかしげに伏せられる。

「そんなこと、——」

訊かないでください、と言いかけたのであろうシリルの唇を、グレアムは我慢できずに塞《ふさ》いだ。

ん、と小さな吐息を漏らし、シリルの細い指がグレアムの衣服の胸元を摑《つか》む。幾度唇を重ねても物慣れぬ様子のシリルに、庇護欲《ひごよく》とも嗜虐心《しぎゃくしん》ともとれる熱っぽい気持ちが噴き上がった。

——好き。シリルが好き。

初めて会ったときよりも、この間までよりも、昨日よりも、もっとずっとシリルが好きだ。

——大事にする。

絶対大事にするから、と心の中で誓いながら、貪《むさぼ》るように口付ける。不意に、胸を小さく押し返されていることに気づいて、慌てて唇を解いた。

ぷは、と息継ぎをするように吐息したシリルの様子に、慌てて手を離す。

「ご、ごめん。夢中になっちゃって」

「……いえ」

シリルは儚《はかな》げに笑って、そっと自分の唇を指で押さえていた。その仕草がなんだか色っぽいなと感じる反面、大事にしたいと思っていたそばから、獣のように襲いかかってしまったことを猛省する。

——俺、こういうところ本当に気をつけないとなぁ……。シリルに愛想つかされちゃったら悲しいもん。

幸い今のところまだ見限られる気配はないけれど、いずれそうならないように遠慮や配慮をしなくてはならない。

俄《にわか》に落ちた沈黙を破ったのは、シリルだった。

「……あの、食事にしましょうか？　お仕事の話も聞かせてください」

「う、うん！　シリルのも聞かせて！」

互いに微笑みあって、食事の支度に戻る。パンとチーズと葡萄酒《ぶどうしゅ》、シリルの作ってくれたシチューで、少し遅めの夕食を始めた。

シリルの作ってくれるものは、いつも、なんでも美味しい。けれど今日は何倍も美味しく感じられた。順調に仕事を得たことで、心の憂いが少し晴れたからかもしれない。

グレアムは荷役の仕事を得られたこと、早速今日から現場で仕事を始めたことなどを話した。少し興奮気味に、早口になってしまったが、シリルはにこにこと話を聞いてくれる。

「こんなに栄えた港の荷役は、すごく大変でしょうね」

感心したように呟いたシリルに、グレアムは頭を振る。

「ううん、それがそうでもないんだ。人手もすごく多いから」

なるほど、とシリルが頷く。

運ぶ貨物の総量が今までより格段に増えていても、同僚の数も比例して多い。それにさすが都会というべきか、運搬に使える道具も色々とあって、さほど大変だという印象は持たなかった。

「ふたりで運ぶのがやっとの荷物もここなら三人で運べるしね」

今までも、グレアムが得られるのは力仕事が多かった。荷運びだけでなく、伐採や木材づくり、岩石や土砂の運搬、空き家の解体などもしたことがある。

山間の里や村は人口が少ない割に年寄りが多いところもあり、どれだけ重いものでも少人数、ときにはひとりで運ぶしかない。

それでも実のところ人狼なのであまり苦ではなかったのだが、ただの人間だったら大変な場面も多かったかもしれないと思う。

「あとね、皆すごくいいひとたちなんだ。今日、腰を痛めないようにする重いものの持ち方とか習ったんだよ」

港町の男らしく皆言葉遣いは荒々しいが、暴力的なことは殆どない。それに、働き者ばかりなので一緒にいて気持ちがよかった。

そんなグレアムの感想に、そうですか、とシリルが笑う。

「よかったです。同僚がいいひとたちだと、働きやすいですよね」

「うん！　オリバーっていうひとが特に色々教えてくれたんだ」

オリバーは面倒見のいい男で、初日で慣れない作業に戸惑うグレアムの面倒をなにくれとなく見てくれた。揶揄いまじりとはいえ「色男」と称されるだけあって顔立ちがとても整っており、荷を受け取りに来た女性にも非常に受けがいいらしい。

そんな話をしたら、シリルが首を傾げる。

「それは、そのオリバーさんという方の物腰が柔らかいからですか？」

「俺もそうかなって思ったんだけど、他のひとたちの顔が怖い、っていう女のひとが多いんだって」

そんなことないのになあ、と仲間に入れてくれた同僚たちの顔を思い浮かべる。

実のところ、あまり人里に交わってこないまま育ったグレアムには人間の美醜というものがよくわからないのだが、同僚たちは「強面」と言われる顔立ちが多いようだ。

——別に怖くはないと思うんだけど。むしろ、俺とかオリバーのほうがみんなより背が高いし、威圧感あるんじゃないのかなあ。

休憩中に正直にそう伝えたら、「おめえらみてえな色男に言われても嬉しかねえや」と笑われた。

「でも……他のひとが怖いっていうより、単にかっこいいオリバーと話したいだけなのかも?」

「なるほど」

ふふ、と互いに笑い合う。

物腰や容姿のことはよくわからないが、筋骨隆々な同僚が多い中、オリバーは細身ですらっとしている。だが貧弱というわけではなく、ふたりがかりで運ぶような荷物もなんなく運べるような怪力の持ち主でもあった。

本人は「こつがあるんだ」と笑っていたが。

「シリルのほうは? どうだった?」

シリルはうーん、と首を傾げる。

「私は、いつも通り、特別変化はないです。グレアムさんと一緒で、一見仕事量が増えたように見えますけど、ひとが多くて分担しているので、然程《さほど》負担はないというか」

「都会だねえ、やっぱり」

「ですね」

あ、でも、とシリルが言い添える。

「しばらくは『告解』を多めに担うことになると言われましたね」

「告解？　どうして？」

教会の中にある「告解室」や「告解部屋」などと呼ばれる場所で、信者が罪の告白を行い、修道士や司祭などが赦免する。それが告解だ。

罪の告白を聞いた修道士には守秘義務があり、告白の内容が外に漏れることはない。たとえ「ひとを殺した」という告白であってもだ。

告解室は扉や布で仕切られた区画があり、そこに修道士が座って懺悔者《ざんげしゃ》の話を聞く。懺悔者のいる区画が外側から見える状態かそうでないかは教会によってまちまちだが、中で告白を聞く修道士は、外側からは誰なのかわからないようになっている。

シリルは以前にも、その務めが苦手だ、と零《こぼ》したことがあった。

「……なんでシリルが多めに担当するの？」

「新参者だからだそうです」

心配になって尋ねれば、割と明快な答えが返ってきた。

「この街の聖職者たちは地域活動が多いから、声だけでもどの修道士か、っていうのが皆わかってしまうらしいんです」

「あー……だから『しばらく』なのか。それに、新しく来た修道士さまなら、声だけじゃ懺悔してるのが誰かまではわからないものね」

つまり、懺悔者の匿名性がより守られる。

なるほどなあ、と思う一方で、ちょっと苦笑いしてしまう。住民と修道士たちの距離が近いからこそ、起こりうる弊害とも言えるかもしれない。個人の情報や秘密をひとりで抱えるというのは、本当に大変そうだ。

「そうみたいです。だから、懺悔者の足が遠のかないように新しく着任した修道士に担当が多めに振られるそうです」

「なるほどー……とは思うけど、大丈夫？　シリル」

大丈夫もなにも、お勤めしなければならないのだからシリルに選択肢などないだろう。わかってはいたが、どうしても心配で、そんな詮《せん》のない問いを投げてしまう。

シリルは微笑んで首肯した。

「頑張ります。……でも」

「でも？」

言い淀《よど》んだシリルに首を傾げる。シリルは、ほんの少しの躊躇《ちゅうちょ》を見せてはにかんだ。

「……辛《つら》いなと思ったら、頼ってもいいですか？」

「っ、勿論！」

思わず前のめりになって言うと、シリルの硝子《ガラス》のように綺麗な目が丸くなる。それから、彼は花が綻《ほころ》ぶように笑った。

シリルの言葉は、グレアムにどうにかして欲しいという意味ではない。辛くなったら互いに寄り添って、触れ合って、ただ一緒にいる、ということだ。それだけで満たされるということを、グレアムはシリルと出会って知った。

食卓の上で、シリルの手を握る。シリルも、グレアムの手を握り返してくれた。

「新しい生活に慣れるまで、お互いに色々あると思うけど……一緒に、頑張ろ？」

なにか気の利いたことを言えたらよかったけれど、出たのはそんな不器用な言葉だけだ。それでもシリルは笑って、「はい」と頷いてくれた。


気負いとともにそんな会話をしたが、新天地での生活は想像していたよりも、拍子抜けするほど順調だった。

仕事を始めてからもう一ヶ月と半分が経《た》ち、特に問題もなく日々は穏やかに過ぎている。心身が疲弊しても、家に帰ればシリルがいると思えば頑張れたし、気のいい仲間も多い。

「それでね、皆ひどいんだよ！　俺が買い出しに行ってる間に隠れてて！」

洗濯物を干しながらそう訴えたら、珍しく休みの重なったシリルが部屋の掃除をしながらくすくすと笑う。

昨日、賭《か》けに負けたグレアムが昼食の買い出しにひとりで行かされたのだが、戻ってきたら倉庫に誰の姿もなかった。彼らのにおいがしたので倉庫内のどこかに隠れているのはわかったのだが、がらんとした職場に不安になって「皆どこ行ったの⁉」と震える声で叫んでしまった。

「皆さん、いたずら好きなんですね」

「新人には恒例でやるいたずらなんだって！　俺は人狼で鼻が利《き》くからいいけどさ、普通の人間だったら泣いちゃうよ⁉」

おどけて大袈裟《おおげさ》に言うと、シリルが口元を押さえて顔を綻ばせる。

もっとも、そのときグレアムはよっぽど情けない声を上げたようで、隠れ場所から出てきた仲間たちには「迷子のガキかよ！」と揶揄われてしまった。

——どこかに隠れているのがわかっていても、ひとりぼっちにされるのが、あんなに怖く感じるなんて思わなかったんだもの。

ひとりで生きて死んでいくのだと思い、孤独に慣れていたはずの自分が、シリルという伴侶《はんりょ》を得て、同僚という仲間も得て、ひとりになることが怖くて堪らなくなってしまったようだ。

そんなことに気づかされる。

「泣かなかったんですね、えらいえらい」

子供を慰めるような言葉で揶揄うシリルに、思わず「シリルぅ?」と恨みがましい声を上げた。吹き出すシリルを見て、グレアムも頰を緩める。

シリルはこの街に来てから、よく笑うようになった。

以前も微笑んだりはにかんだりということはあったけれど、このところは声に出して笑うことも増えている。そのことが嬉しくて、グレアムは仕事で起こったことなどを面白おかしく話すことが多かった。

最近のシリルのお気に入りは、積荷用の箱の中で昼寝をしていたらうっかり出荷されかけた同僚の話だ。

——シリル、苦手な仕事を回されるの不安そうにしてたから、どうなることかって思ったけど……。

幸いなことに、杞憂《きゆう》だったようだ。勿論、精神的にとても疲弊している日もあるのだけれど、シリルが完全に参ってしまうという事態にはまだ陥っていない。

「そういえば……」

家から庭へと出てきたシリルが、洗濯物を干すのを手伝ってくれながら呟く。

「え？　なに？」

「この街にはないんですか？　人狼のひとたちの組織って」

シリルがそんなことを訊いてくるのは初めてで、グレアムは不思議に思いながらも首を傾げる。

「あー……」

人狼は、人間の街に紛れ、人狼同士の組織を形成する。必ずしもあるわけではなく、道中、いくつかの里や村に立ち寄ったが、組織はあったりなかったりとまちまちだった。人狼に声をかけられたこともあるし、互いに知らぬふりをして通り過ぎたところもある。

「この街には、多分……あると思う」

「多分？」

「正直、街が大きすぎてよくわからないんだ」

里や村くらいの規模であれば、わからないなりに多少絞りこめる。例えば集会をするにしても、酒場も宿もないとなると場所が限られるものだし、人付き合いも密なので察せられることもあった。

だが、この街は通り過ぎるだけの人間も含めれば何千人といる。酒場も宿場も、街の中にいくつも点在しているし、そもそも住居の数も多い。

「あとは、これくらい大きくて人間のひとも多い街だからこそ、人狼たちの動きも慎重なのかもしれないね」

庭から一望できるこの広い街では、今日も忙しなく働く人々や、買い物にやってきた人々が大勢行き交っていた。

ただ、と声には出さず心中で呟く。

——ただ……「組織」じゃなくて、もしかしたら人狼なのかな、ってひとは、いる。

初日から親身に仕事を教えてくれて、なんとなくつるむことの多くなった同僚——オリバーだ。

最初に気づいたのは、細身の割に非常に力持ちであること。それから、軽やかな身のこなし。それから、なんとなく感じる、直感的な同類の雰囲気。

成人男性三人で運ぶような荷物を、オリバーはひとりで軽々と持つことができる。艀《はしけ》や交通船をまるで足場のようにしてひょいひょいと跳び、梯子《はしご》を殆ど使わずに船を渡ったりもする。

他の同僚たちは既にそんなオリバーの身体能力に慣れているようで、グレアムが同じことをしても「お前もすげえな」くらいのもので特に言及することはない。

——今までは、不審に思われるかもって緊張してたし、普通の人間の男のひとと同じくらいに調整してたけど……。

けれど、今までは「普通の人間の男」の塩梅がよくわからなくて、不審がられることもよくあった。

ここでは遠慮をして隠さなくていいのだという安堵《あんど》感とともに、自分と似た身体能力の彼はもしかしたら同じ人狼なのではないだろうか、と感じている。

なにより、明確に言語化して説明はできないのだが、人狼には人狼同士で感じられる空気のようなものがあった。初対面のときに、なんだか初めて会った気がしなかったのは、そのせいだ。

――……でも。

仕事に少し慣れてきた頃に、オリバーとも親しくなれたし、と思ってほんの少し探りを入れてみたことがある。

オリバーって、この街で育ったの？　それともどこかから移って来たの？

そう訊《たず》ねたら、西の田舎から来たのだと教えてくれた。その流れで、こんな質問をしてみたのだ。

オリバーは力持ちだし、運動神経もいいよね。……他にもそういう仲間って、いたりする？

ほんの少しの含みを持たせ、どうとでも取れるような訊き方をしたグレアムに、オリバーは「ここの仲間は皆そうだろ」と笑った。

――本当に、ただの人間なのかもしれない。でも、そうじゃなかったとしたら、俺に本当のことを言う気はない、ってことだ……。

質問された刹那《せつな》、彼が微《かす》かに目を瞠《みは》ったのをグレアムは見逃さなかった。

もしかしたら、この街の人狼はそれぞれ不干渉と決めているのかもしれない。

なにより、一度躱《かわ》されてしまったら、怖くて同じことやもっと核心的なことは訊けなかった。

それからもオリバーはなにくれとなく面倒を見てくれるし、一番仲のいい同僚だけれど、時々そのことを思い出しては寂しくなる。

「グレアムさん……？」

黙り込んだグレアムに、シリルが不安そうな声を上げる。

グレアムはすぐに表情を笑顔に変えた。

「少なくとも、俺はこの街で人狼たちが『集まってるな』っていう気配を感じたことはないかな」

本当のことをすべて言っているわけでもないけれど、嘘でもないことを口にする。

オリバーには今でもよくしてもらっているし、仲がいい。関係を壊し、仕事を失いたくはないので、やり過ごすのがいいのだろう。

洗濯物の最後の一枚を干し、手を叩く。

「よし、洗濯物終わり！　シリル、お昼どうしよっか……シリル？」

けれどグレアムの答えに、シリルがどうしてか塞《ふさ》いだ表情をする。

——もしかして、さっきの話で心配させちゃったかな。

仲間がいなくて半泣きになったという話に笑ってくれたけれど、グレアムが寂しい思いをしていると心を痛めてしまっただろうか。

シリルの手に、そっと触れる。はっと顔を上げたシリルに微笑みかけて、優しくその手を握り込んだ。

「ねえ、シリル。俺、シリルと出会ってから、寂しくないよ」

そんなふうに切り出すと、シリルが目を丸くする。ほんの僅かに強張った指先を、労《いたわ》るように撫でた。

「ここに来るまでもそうだったけど……里よりひとも沢山いるから大変なことも多くて、お互い疲れたなあって思うことも多いよね」

今まで、グレアムは狭い世界で生きてきた。生活必需品などを得るために時折人里に下りることはあったけれどそれくらいで、あとはあの山の中にあった小屋の中が世界のすべてだった。自分以外に、誰もいない。

シリルも多分変わらない。あの閉鎖的な里の外に出ることはなく、ずっと教会の中で暮らしていた。

この街に来てからは違う。沢山のひとと交わり、沢山の仕事をこなさなければならなくなったのだ。

「忙しいけど、でも、寂しくない。この街に来てから、心も体も、前よりずっと軽くなっている気がするんだ」

グレアムの言葉に、シリルは一度瞬きをし、頷いた。

「私もです」

「シリルも？」

同意を得られた、ただそれだけのことが嬉しくて声が弾む。

「はい。……もしかしたら、ここが私たちの『家』だからかもしれないですね」

「あー……そっか」

この街に辿り着くまでも、滞在していた小屋や宿はいくつもあった。けれど、そこはあくまで「定宿」と呼ぶのが適当であり、「家」とは言えない。腰を据えて落ち着く場所ではなく、歓迎されるとも限らないところでの生活に、ふたりとも大なり小なり疲れていたのかもしれない。

借家とはいえ、ここは自分とシリルの棲み家といえる。そう自覚するだけで、じわじわと幸せな気持ちが湧いてきた。

――家、か……。

家族を失い、ひっそりと暮らし朽ちていこうとした山をも焼き払われたときに、もう自分には一生得られないものだと諦観《ていかん》とともに覚悟した。

今は大好きなひとのお陰で、その大好きなひとと一緒に暮らせている。そんな幸せな事実を噛《か》み締めた。

「……シリル」

呼んだのは無意識だった。

はい、と振り返ったシリルがやっぱり不安げに見えて、思わず彼に向かって両手を広げる。

シリルは一瞬戸惑いの表情を浮かべたあと、ゆっくりと歩み寄ってきた。

「シリル」

我慢できずに、グレアムは自分からシリルに抱きつきにいく。

腕の中の痩軀《そうく》が一瞬びっくりしたように強張ったが、すぐに力を抜いてグレアムの背を抱き返してくれた。

「大好き……！」

堪《たま》らずに叫ぶと、腕の中のシリルがほっと息を吐いた。躊躇《ためら》いがちに、シリルの頭がグレアムの胸に凭《もた》れかかる。

——俺の腕の中が、シリルにとって一番安心できる場所になればいいのに。……そうだったらいいのに。

そっと体を離し、シリルの頬に優しく触れる。長いまつげに縁取られたシリルの目が、ゆっくり瞬きをした。

「シリル——」

誘われるように顔を近づけると、シリルが瞼を伏せる。愛おしさが湧き上がり、グレアムも瞼を閉じ――。

「おーい！」

唇が触れ合う瞬間、けたたましく扉を叩く音とともに大声で呼びかけられ、お互い弾かれるように体を離す。

――な、なに⁉

いいところで邪魔をされてしまった。なんだか最近こんなことばっかりだ。

シリルは顔を真っ赤にして、手でぱたぱたと頬を扇《あお》いでいる。

そんな様子も可愛《かわい》いな、などと考えている余裕もなく、玄関の扉は壊されんばかりに叩かれていた。

「グレアムー！　いねえのー？」

このまま無視をするわけにもいかず、グレアムは洗濯籠《かご》を抱えて玄関へ回った。

「いるってば！　そんなに叩かないでよ！」

もう、と憤慨しながら見ると、そこに並んでいたのはオリバーを始めとした同僚たちだった。

彼らは市場に寄ってからきたのか、両手に荷物を抱えている。

「な、なに？　どうしたの、皆揃《そろ》って」

「せっかくの休日だし、お前も一ヶ月以上働いて色々慣れた頃合いだろ？　歓迎会しようって話になってな！　この間、家の場所も訊いたし、押しかけちまおうって」

にかっと笑ったオリバーの後ろで、他の同僚たちもそうそうと頷く。

「親方が資金援助もしてくれたんだ。色々買ってきたから食おうぜ！」

「えっ、親方が？」

けれど、親方の姿はない。疑問を察したオリバーが、上司がいたのでは気を遣うだろうと、金だけを出して遠慮してくれたのだと教えてくれる。

「こんなところで立ち話もなんだし、入れろよ」

「出かける予定とかねえだろ？」

「お邪魔しまーす」

小柄な同僚が、グレアムの脇をするりと抜けてしまった。それを皮切りに、全員がぞろぞろと連なっていく。

「え、ちょっと待って……！」

新人を歓迎し気遣ってくれたのは嬉しいのだが、こちらにも都合というものがある。

出かける予定はなくても、せっかくシリルと一緒の休日なので睦《むつ》み合って過ごそうなどと画策していたのに。

なにより、先程もキスの寸前で邪魔をされてしまったので色々と欲求不満だ。

けれど制止の声を出すよりも早く、彼らはずかずかとグレアムとシリルの新居へと入っていく。

「ねえ待ってよ皆」

「あっ、ブラザー・シリルだ！」

中庭から部屋に戻っていたシリルを見つけて、同僚のひとりがそんな声を上げる。

シリルはまだほんのり赤く顔を染めながら、同僚たちに会釈をした。

「わー、グレアムと住んでるって話は聞いてたけど、本当だったんだ！」

「こんにちは、ブラザー・シリル！」

「こんにちは、グレアムがお世話になっております」

ぺこりと頭を下げるシリルは、伴侶らしくそんなことを言った。もっとも、ふたりの表向きの関係は「同郷の親友」であり、伴侶だなんて彼らは思ってもいないのだろうけれど。

縋るようにシリルを見れば、彼はちょっと困ったように笑って同僚たちに向かい合った。

「少し聞こえてしまったのですが、歓迎会だそうですね。グレアムのために、ありがとうございます」

微笑むシリルに、同僚たちは「いやあ」と笑う。グレアムは脂下《やにさ》がったような彼らの反応に、むむ、と唇を引き結んだ。

「皆さん、どうぞゆっくりなさってってください」

「えっ……シリル？」

まるで退出するように会釈をしたシリルを、思わず呼び止める。案の定シリルが玄関に行こうとするので、慌ててその手を摑んだ。

「なんで、どこ行くの？」

シリルはグレアムの肩越しに、戸惑うように同僚たちを見て声をひそめる。

「私がいたら、気兼ねなく過ごせないでしょう？　……大丈夫、やることは沢山あるので、教会へ行ってきます。夜には戻りますから」

そんな。

今日はシリルと一日中、話したり、触れ合ったり、ごはんを食べたりするつもりだったのに。

勿論、同僚たちの気遣いは嬉しい。だけど、そこにシリルがいないというのは悲しい。まして、シリルを追い出す格好になるなんて我慢できない。

シリルも同僚も大事なので、どうしたらいいのかと困惑する。

「――いや、ブラザー・シリルもいてくださいよ」

グレアムがなにか言うよりも早く、そう口を挟んだのはオリバーだった。ふたりではっと振り返ると、彼は小首を傾げて頭を掻《か》く。

まるで芝居小屋の役者のような美丈夫は、そんな仕草をするだけで格好良く見えた。

「ブラザー・シリルが、どうしても片付けないといけないもんがあるっていうのなら止められないですが、俺たちに気を遣ってってんなら、そんなもんは御無用ですから。一緒に飲み食いしましょうよ」

「でも、私がいては……」

「いやぁ、いてもらって当然でしょ。家主を追い出す歓迎会なんて、なあ？」

オリバーの呼びかけに、他の同僚たちも頷く。

「ブラザーが俺たちとはいたくないってんなら止めやしませんが」

「と、とんでもない！」

揶揄いの言葉に、シリルは焦って首を振る。同僚たちは顔を見合わせて笑った。

「むしろ俺ら、噂《うわさ》の修道士様に会いに来たみたいなとこあるし」

「えっ、俺はついで!?」

俺のシリルに？　という嫉妬心《しっとしん》が芽生えつつも、シリルにいてほしくて同僚の軽口に乗ると、こぞって「そりゃそうだろ！」と即答する。グレアムたちの遣り取りにシリルは目を丸くして、それから小さく笑った。その様子にほっと胸を撫で下ろす。

むしろいてほしい、ブラザーが嫌じゃなければ是非、色々話が聞きたいです、などと口々に畳み掛けられて、シリルは戸惑ったようにグレアムを見た。

「皆こう言ってるしさ、いてよ、シリル」

グレアムが重ねた言葉に、観念したようにシリルが頷く。

「……では、お邪魔でなければ」

引き返してきてくれたシリルに、同僚たちはやんややんやと手を叩いた。

「よっしゃ、じゃあ歓迎会始めっか！　――おふたりさん、この街へようこそ！」

いつの間にか人数分注がれていた葡萄酒で、乾杯をする。

ふたりでいるとそれなりに広いと思っていた居間は、同僚を含めて男七人が集まると急に手狭になった。人数分の椅子はないし、あっても囲んで座れる広さのテーブルではないので、立食状態で飲み食いを始める。机上は、彼らの持ってきた酒や食べ物で溢《あふ》れそうになっていた。

歓迎会と称した飲み会のさなか聞いたところによれば、新しくやってきた修道士――シリルは、若くて見目もよく働き者、しかも穏やかで優しいので既に街の人気者らしい。老若男女問わず、沢山の人がシリルに会いに来るのだとか。

「へー、そうなんだ？」

シリル本人からそういう評価を聞くことは当然ないので、自分のことのように嬉しくなり、得意になる。

「とんでもないです、そんなことありません」

恐縮しながら真っ赤になるシリルが可愛い。頬が赤いのは、酒のせいか恥ずかしさのせいか。

彼らはお世辞でシリルを引き止めたわけではなく、本当に話をしたかったらしい。悩みを吐露し始めた同僚の話を、シリルは優しく相槌《あいづち》を打ちながら聞いている。

――シリルは綺麗だし、可愛いし、かっこいいし、優しいし、そりゃ人気になるよね。

　自分の恋人が街の人々に受け入れられ、好かれているという事実はグレアムを誇らしくさせた。だがその一方で、もやもやとした気持ちも生まれる。

　——俺のシリルなのに。

　当然ながらそんな子供の駄々のような独占欲を口にするわけにもいかず、葡萄酒で流し込んだ。なにより、ふたりが恋人同士だなんて誰も知らないのだ。

　シリルの宗派は女色が禁止されているというので、女性に色目を使われるということはあまりないだろうと心配していなかったが、こんなに男からも支持を集めているなんて想定外だ。

　せっかくの歓迎会に、嫌な想像をしてしまう。もやもやを抱えたまま、愛想よく話を聞いているシリルをぼんやり眺めていたら、傍らにオリバーがやってきた。

「この街は船乗りも多いし、修道士っていうと人気者なんだよな。よっぽどじゃなけりゃ」

「どういうこと?」

　船乗りと修道士がどう繋《つな》がるのかわからず問う。

「船乗りは、信心深いのが多いんだよ。いつ死ぬかわかんねえしな」

「ああ、なるほど……」

　言われてみれば、出入港の際に教会に立ち寄る船乗りは多い。他所から来た船乗りに教会の場所を訊かれたのも、一度や二度ではなかった。

　港町は船乗りとは切っても切れない関係だ。信仰心に限った話ではなく、彼らに影響されることも多いだろう。荷役の仕事もきっと例外ではない。

　オリバーは、ちらりとシリルに視線を向ける。

「ブラザー・シリルが来てから、告解に来るやつらも増えたっていうぜ」

「そうなの？」

「なあ、ブラザー？」

　急に話題を振られて、他の同僚の話を聞いていたシリルは「えっ」と声を上げた。

「連日、ブラザーの告解部屋は大賑《にぎ》わいなんだろ？」

　オリバーの問いかけに、シリルが少々困ったような笑みを浮かべる。

「そんなことは、ないと思いますよ。私も毎日いるわけではありませんし……新参者だから話しやすいというだけだとも思います」

「ていうか、大賑わいの告解ってなんか嫌じゃない？　匿名性はどうしたのさ」

　素直にそんな感想を述べれば、ふたりが小さく笑った。

「ところで、お前らってどこから来たの？　なんで一緒に住んでるんだ？」

「あ、それ俺も気になってた」

「俺も俺も」

　オリバーが切り出した質問の尻馬に、他の同僚たちも乗ってくる。

「今までそんなこと訊いてこなかったのに、どうしたの皆」

「関係が深くもないうちから訊いていいもんかどうか迷ったんだよ。いかにも訳ありっぽいから」

ひとが大勢行き交う街だ。「訳あり」な人々が、沢山いる。だがそういう人々はいつの間にかいなくなっているものなのだ。だから、誰も深入りはせず、知らないふりをして過ごすのだと。

「……そういうものなんだ？」

正直なところ、この街へ来る前からこういった質問の想定はしていたし、答えも用意していたのだ。けれど、誰からも訊かれることがなかったので拍子抜けしていた。ふたりで旅をしているとよく根掘り葉掘り事情を訊かれたものだ。

振り返ってみればこの街では役場でさえ事情や間柄をしつこく訊かれることはなかった。それはきっと、先の事情からいい意味で他者に無関心な街だからなのだろう。

「とはいえ、ブラザー・シリルとグレアムは、この街に腰を据えたようだし、まあ今が聞きどきかなと」

豪快で無遠慮そうに見えた同僚たちだったが、色々と考えるところはあったようだ。

グレアムは頭を掻き、シリルへと視線を向ける。

「俺とシリルは元々同じ孤児院で、兄弟みたいに育ったんだ」

事前に打ち合わせをしていた「設定」はこうだ。

「ここからずっと北にあった孤児院……っていっても教会の中なんだけど、そこで育てられて、シリルは修道士に、俺は炭鉱夫になった」

話を聞いていた同僚たちが「炭鉱夫」と口を揃える。

「あー、だからお前やたらと力強いんだな。荷運びも慣れてると思った」

よし、と胸の中で拳《こぶし》を握る。

人狼らしい力の強さも、これでほぼ完全に誤魔化せた。

「北か。そういえば、ちょっとそっち方面の訛《なま》りがあるか？」

「北っていえば、なんだか大きい山火事があったんだろ？」

オリバーの問いかけに、ぎくりとしたがどうにか顔に出さないように表情筋を引き締めた。

他の同僚が「そういやそんな話聞いたな」と言葉を繋ぐ。

その「そんな話」が本当に自分たちがいた里の話かどうかは判然としなかったが、「山が燃えた」という噂話は既にここまで広がっているらしい。

「その麓の村か里で人買いの組織が摘発されたとかなんとか聞いたけどな」

オリバーが言うと、同僚たちが皆顔を顰《しか》める。港町では、時折人身売買の場面に遭遇することがあった。気づけば通報するが、どうにもままならない場合もあって、同僚たちにとっては苦々しいことなのだ。

——さすが港町、情報が届きやすいんだな。

「その村には『狼男伝説』みたいなのが息づいてるっていうんだけど、お前ら北の出身ならそのあたりの話知ってたりする？」

オリバーにそう話を振られ、ぎくりとする。

——……どういうつもりだろう。

グレアムは、オリバーが人狼なのではないか、と薄々感じているし、オリバーもきっとそう思っている。その上で、以前探りを入れたら躱されたのだ。

相手がそういうつもりなら、もうその話はやめようと思っていたのに、何故。オリバーの意図がわからないまま、グレアムは首を傾げた。

「さあ？　狼男の話なんて聞いたことないなあ。ね、シリル？」

笑って言うと、シリルも慣れた余所行きの笑顔でええと頷く。

それから、ふたりで作った「シリルとグレアム」の物語の続きを口にした。

「うちは鉱山があった村だし、山も燃えてないよ。でも、村の過疎化が進みきっちゃって、村自体がなくなっちゃったんだ」

「村の過疎化って、そんなことあるのかよ？　炭鉱って潤ってんじゃねえの？」

「うん。炭鉱の村って、閉山すると人がいなくなっちゃうんだ」

嘘には少し事実を混ぜると真実味が増すというが、この話は、以前別の港町に滞在していた際に出稼ぎに来ていた、当時の同僚から聞いた話だ。

炭鉱は危険を伴う重労働だが稼ぎもいい。炭鉱で稼いだ者は、山が閉じてしまうと別の鉱山へと移動してしまうそうだ。家族がいれば、当然家族ごと移動してしまうので、子供もいなくなる。

そして教会も、以前ふたりがいた里ほどではないが、利権主義が運用している場合は閉じてしまうこともあるのだという。

「でも俺は炭鉱夫を続けるつもりはなかったし、それでシリルと一緒に別の町を目指したんだ。で、どうせ移住するなら大きい都会の街がいいよねって」

これも本当のことだ。

ね、と同意を求めると、シリルはこくりと頷いた。

「へー……じゃあふたりは幼馴染みってことか」

「うん。幼馴染みっていうか……家族、みたいな」

他者に対して口にしたらより実感して、嬉しくて少し頬が熱くなる。シリルを見ると、彼も少しはにかんだ様子でいた。

同僚たちはふたりを眺めて、なあんだ、と笑う。

「俺らはてっきり、ブラザーがお貴族のご落胤《らくいん》かなにかで、グレアムはその下男なんだとばかり思ってたわ」

「ご落胤⁉」

思わず、と言ったように叫んだのはシリルのほうだった。

「そうだよな。ブラザーは宿舎じゃなくて一軒家借りて、しかも明らかに人種の違うグレアムと一緒に住んでるし。こりゃなんか訳ありだぞと」

人種、というのは生活習慣や職業などという意味だったのだろうが、実際に人狼と人間で人種が違うので、内心激しく動揺してしまった。恐らくシリルもそうだろう。

「だからまことしやかに言われてたんですよ、ブラザー・シリルは元貴族かもって」

同僚の言葉に、シリルは「とんでもない」と頭を振る。

「宿舎は必ずしも利用する必要はないですし、現に私の他にも家を借りたり実家から通ったりしている修道士も沢山おりますし……貴族だなんて、本物の貴族の方が聞いたら噴飯ものですよ。私は正真正銘の孤児出身で庶民です」

戸惑いながらも必死になって否定するシリルに、同僚たちが皆笑う。グレアムもつられて笑ったら、シリルにちょっと睨まれてしまった。

実は路銀を稼いで移動している途中、その設定でいこうかと提案したこともあったのだ。

——だって、旅する修道士に侍《はべ》る大男なんて、従者か用心棒にしか見えないもん。

我ながら、シリルにくっついていると侍従にしか見えないなと思っていたし、周囲の第一印象もきっとそうで、ふたりで村や里へ入ると「従者を伴った修道士がやってきた」という目で見られることが多かった。

説明も楽だしその設定でいいじゃない、と言ったら「そんな柄じゃありませんし、無理があると思います」と断られてしまったけれど。

――やっぱり皆から見てもそう見えるんだから、その設定でいけばよかったなぁ。

そんなふうに言ったら、またシリルが怒ってしまうかもしれない。

揶揄っているわけではなくて、本当に、本気なのだけれど、本人が居たたまれない顔をするのでしょうがない。

「まったく……揃って揶揄わないでください」

「揶揄ってるわけじゃないよ。だってブラザー・シリル、物腰が上品だから説得力がある噂だったっていうか」

そんな弁明をしたオリバーに、シリルが複雑そうな表情になる。でも、グレアムもそう思っていたので、内心うんうんと頷いてしまった。

「俺たちとは違う世界で生きてるって感じがするから。なあ？」

最後の「なあ？」はグレアムに向けられたもので、「えっ？」と声を上げてしまう。

「グレアムだって一緒にいてそう思うだろ？　全然違うもんな、見た目も立ち居振る舞いも」

オリバーの言葉に、周囲も笑う。シリルも苦笑していたが、なんだかそれを見てすごく胸がざわついた。

「……別に、普通に同じところで生きてるよ」

返す声が少し尖《とが》ってしまった。

オリバーは、グレアムと同じ人狼である可能性が高いし、お互いに薄々それを察している。どうしてそんなことを言うのだろうと思ったし、ほんの少し図星をつかれた面もあって余計に悲しい。

違うのはシリルじゃなくて、グレアムのほうだ。

自分は人狼だから、大多数の「人間」とは違う。

——この街で、やっとまともに仕事がもらえたけど……シリルには全然及ばない。そんなこと、俺が一番わかってる。

毎日お互いに働いて、好きなひとと暮らして、充実した日々を過ごしている。

けれど今でも時折、自分とシリルの差を感じて落ち込むときもあった。焦りや不安、そしてそこに嫉妬の感情が混じっていることも自覚していて、そんな自分が嫌になる。

「……俺とシリルのこと、そういうふうに言わないでよ」

告げた声は、情けなくも不安げに揺らぐ。シリルが驚いたように小さく「グレアムさん」と呼んだのが聞こえた。

オリバーは目に見えて焦った様子で「嘘、冗談だよ！」と言い募る。冗談だなんて言うけれど、実際には傍《はた》からはそう見えるんだろうな、ということはよくわかっていた。

オリバーは面倒見のいい男だけれど、たまに、悪気なく嫌なことを言う。

「おいおい、なに揉《も》めてるんだー？」

「まーた、グレアムのこといじめてんのかよオリバー」

「いつも俺がいじめてるみたいな言い方すんなよ！　そんなことないよな、グレアム！」

オリバーがグレアムの肩を抱こうとするので逃れたら、彼は「グレアム、ごめんって～」と大袈裟に嘆いてみせる。

オリバーのことがよくわからない、と思うのはこういうときだ。普段はこうして親しくしてくれるのに、お互いに察している「人狼であること」に関しては、今日のように探るような試すようなことを言うかと思えば、そんなことはまったく知らないとでもいうように突き放す。

だけど、グレアムは大事に思っている仲間を失いたくないから踏み込めない。

「オリバー、嫌われてやんの」

そんなふうにオリバーを揶揄いながら、同僚たちは自分よりも大きなグレアムの頭をよしよしと撫でてくれた。

グレアムはオリバーと同じく仲間内では長身で、年齢も最年少というわけではないのに、必要以上に子供扱いされることも多い。でも、不思議と心地よかった。

今度は逆に仲間につつかれているオリバーを尻目に、グレアムはシリルのもとへと歩み寄る。

「……ごめんね、シリル」

ぽつんと呟いた声は、あまり明瞭に聞き取れなかったらしい。シリルが「え？」と首を傾げた。

——いや、聞こえなくてよかったのかも。謝られたって、困るよね。

謝罪の理由を聞かせたら、きっとあまりよくない気持ちにさせてしまう。聞こえなかったのならわざわざ言い直す必要もないので、無言でシリルの肩を叩いた。

その後散々飲み食いし、夜も更けた頃に同僚たちはやっと帰っていった。後片付けを終えて、いつものように一緒にベッドへ潜り込む。

「そろそろ気候があたたかくなる頃ですね」

おやすみの前の会話で、シリルがそう切り出した。

「だね。でも、やっぱりちょっと山の上だからかな。夜は冷えるね、まだ」

シリルが風邪を引かないようにと、毛皮で包み込む。いつもなら体中を撫でてくれるシリルが、今日はどうしてかじっとしていた。

「シリル？　どうかした？」

呼びかけに、シリルははっとした様子で、首を振った。

「なんでもないです。……今日は、同僚の方たちが来てくれてよかったですね」

「うーん、まあ……。嬉しかったけど、でも、今日はシリルとふたりっきりで過ごすつもりだったんだよ」

拗《す》ねた声を出したら、シリルが寝返りを打ってぎゅっと抱きついてきた。

「シ、シリル？　どしたの？」

嬉しいけど、ベッドの上でそんなぎゅっとされたら……とどきどきしていたが、シリルは深呼吸をして「次のお休みは一緒にいましょうね」と言ってくれた。


「おーいグレアム！」

翌朝、職場でいつものように声をかけてきたオリバーに、「おはよう」と返す。だがその声が無愛想だったからか、オリバーは眉尻《まゆじり》を下げた。

「まだ怒ってんのかよ」

肩を抱いてきたオリバーの胸を押しのけ、ふいと顔を逸らす。

「怒ってなんてないよ」

「嘘つけ」

オリバーはグレアムの頰を、子供にするように軽く引っ張った。そういう気安い態度は仲がいいことの表れのようで好ましく思っていたが、真面目《まじめ》な気分のときにはちょっといただけない。本気で向き合ってくれていないことの証左のようで、なんだか悲しい。

怒っても仕方のないことなのかもしれないが、笑顔を作れるほど大人にもなれず、オリバーの腕から逃れた。

「グレアム～」

「今日、予定より早く着いた客船があったから、荷降ろし増えたって。そっち行ってて、って、親方が言ってた」

これは彼を突き放す方便というわけでもなく、本当のことだ。グレアムたちは貨物船だけでなく、客船の荷役も行っている。

見目の麗しいオリバーは威圧感がなく、女性にも非常にうけがいいので、客船の場合は率先して仕事を回されるのだ。

「それは了解。で？　いつまで怒ってるんだよ」

「しつこいよ。怒ってないってば。早く持ち場に行きなよ」

客船のほうを指さすと、オリバーは嘆息して「はいはい」と踵《きびす》を返した。

——……俺だって、嫌な気持ちでオリバーと向き合いたくないよ。

オリバーは冗談のつもりだったかもしれないけれど、あれからシリルの様子が少し変なのだ。変というか、とにかく元気がない。今朝もいつも通りに振る舞ってはいたけれど、どこか塞いだ様子だった。

具合が悪いかと言えばそうではないようで、「大丈夫？」と訊いたら笑顔で「どうして？

大丈夫ですよ」と躱されてしまった。

――告解のお仕事大変だって言ってたし、オリバーの言ったことが理由じゃないかもしれないけど……今日家に帰ったら、ちょっと訊いてみようっと。

まずは目の前の仕事をきっちりこなさなければ、と気持ちを切り替えてグレアムはいつも以上に真面目に体を動かした。


日没とともに荷役の仕事は終わり、荷番の者と入れ替わる。

さっさと帰ろう、と思った矢先にオリバーに呼び止められた。そのまま聞こえないふりをして走っていってしまおうかとも考えたが、性格的にそんな真似もできず、足を止める。

「グレアム、ちょっといいか」

「……急いでるんだけど」

グレアムの返答に、オリバーが苦笑する。

「そう露骨に避けるなよ。寂しいな」

「えっ……ごめん」

寂しい、という言葉に反射的に謝ってしまう。

寂しいことが本当に辛いのを、身をもって知っているからだ。寂しさは、どれだけ飼い慣らそうとしてもすぐに言うことを聞かなくなってしまう厄介なものだった。

けれどグレアムの返答にオリバーは目を丸くし、それから吹き出した。

真剣に向き合おうとしたのに、また揶揄われたのかもしれない。グレアムは眉根を寄せる。そんな表情の変化を読み取ってか、オリバーは慌てた様子で「悪い悪い」と謝った。

ぷいと顔を逸らし、自宅に向かって歩く。だがその前をオリバーが阻んだ。

「ごめんって」

「別にいい。でも避けてない。本当に今日はすぐ帰りたいんだ。シリルと話をしなくちゃ」

怒っているのか、不安なのか、寂しいのか、どれかはわからないけれど、シリルがなにか塞いだ気持ちを抱えているのは明白だ。

だから今日はシリルと向き合わなければならない。

「――その、ブラザー・シリルのことで話があるんだけど」

オリバーのその一言で、グレアムは足を止めた。顔を上げると、至近距離にあったオリバーの瞳と視線がかち合う。

「……って言ったら、どうする？」

「……本当なら話を聞く。それが冗談だったら怒る」

グレアムの返答に、オリバーは右目を眇《すが》めた。「冗談じゃないさ」と笑って、グレアムの腕を引いた。

腕を引っ張られてついていった先にあったのは、木造の小屋だった。慣れた様子で軒先の洋燈に火をつけて、オリバーは扉を開く。

「どうぞ」

中に入ると、必要最低限の調度品はあるし、埃をかぶってもいないのだが、あまりひとの住んでいるにおいはしなかった。

「……ここは、オリバーの家？」

「いや？」

じゃあここは一体どこなんだ、と疑問に思った刹那、薄暗い部屋の中を炎とは違う鈍い光が照らした。

「――！」

瞬きをする間に、目の前にあった同僚の姿が消える。

その代わりに、彼の立っていた場所には大きな鈍色《にびいろ》の狼の姿があった。

「……オリバー……」

狼の足元には、先程までオリバーの着用していた衣服が落ちている。鈍色の狼は、目を細めた。

「やっぱり、って顔だな」

狼の声はオリバーの声そのもので、グレアムは小さく息を吐く。

「……やっぱり、とは思ってないよ。ちゃんとびっくりしてる」

「そうか?」

そうだよ、と溜息交じりに呟く。

グレアムとは「人狼」として関わるつもりがないのだと思っていた。この街の人狼は、そういう決まりごとがあり、だからグレアムが探っても知らないふりを続けているのだと。

それなのに、どうして突然その姿を晒《さら》したのかわからなくて、驚いている。

「この小屋は、もしかして人狼の集会所?」

「まあな。ま、殆ど使うことはないから、持ち回りで掃除したりしてる程度だ。今週は俺の当番」

凶暴そうに見える狼の顔が、にやっと笑う。

集会が殆ど行われない、ということは、人狼がここで生活していく上で彼らにとって特に大きな問題が発生していないということなのだろう。加えて、同じ人狼同士で集まらなくとも、今の人間関係に特に思うところはなく満足して市井に溶け込んでいるということなのかもしれない。

けれど、持ち回りで当番ができるほど、密に連絡を取り合っているということでもある。それなのに知らないふりをされていたということは——状況を鑑《かんが》みて、胸がしくりと痛んだ。

「それで、なんの用なの? 掃除を手伝ってほしいとか?」

「手伝ってくれるなら是非。久々の新入りのために集会を開いたっていいしな」

そんな軽口を叩きあってから、オリバーは変身を解いた。細身だが筋肉質な体は、女性や芸術家に大変好まれそうである。

「お前も人狼だろ、グレアム」

一瞬迷ったが、先に狼の姿になって完全に手の内を晒した相手に嘘をついて誤魔化しても仕方がないので、頷いた。

「そうだよ。……でも、不用心じゃない？　もし俺が人狼じゃなかったらどうするつもり？」

「仲間を見誤るわけないだろ。それに、もし人狼じゃなかったらなんて愚問だな。人狼と人間とじゃ、勝負にならない」

それは、人間相手なら簡単に害することができる、口封じなど容易《たやす》い、ということだろうか。警戒心を滲《にじ》ませたグレアムに、オリバーが苦笑する。

「例えばの話だし、事実だろ」

「そうだけど、あんまり好きじゃないよ。そういうこと言うの」

グレアムにとって最も身近な人間といえばシリルだ。シリルのことは傷つけたくないし、シリルじゃなくても自分よりずっと脆《もろ》い人間を傷つけたくなんてない。

一緒に働いている同僚だって皆いいひとばかりだ。それこそ彼はグレアムよりも長く交わっているのに、どうしてそんなことが言えるのか。

「潔癖だな、グレアム」

どういう意図で発せられたのかわからない言葉に、なにも返せない。

オリバーは頭を掻いた。

「まあそんな話は置いといて……お前、北から来たって言ってたよな」

「え、うん」

「……お前らが来るより前に、人狼の間で噂になってた話がある。北の、田舎のほうの里で、山が焼かれたって」

その話は、先日も聞いていた。

「それがどうしたの？」

「ただの山火事ならわざわざ人狼の間で噂になんてならねえんだ。……そこには、はぐれた人狼家族が住んでいたって話だった。子供が人前で人狼になったために、家族揃って仲間の輪からはじき出された『はぐれ』の親子が隠遁《いんとん》してるって」

――俺たちのことだ。

グレアムは幼い頃にその「輪」からはじき出されていたため、他の人狼たちのことはよく知らない。

当然、彼らの間で常識的なことは親から教えられることのみだし、噂も流れては来ない。自分たちが他から認識されているなんてことも察しようがなかった。

「どうして、そんなこと」

「知ってるのかって？　そりゃ、人狼の中でも銀狼の血筋は割と珍しいし、ダニエルが、腕のいい陶工だったからな。惜しむ仲間が多かった」

「――」

ダニエルとは、グレアムの父親の名だ。毛色だけでなく、名前まで一致している。これでひと違いの可能性は消え失《う》せた。紛れもなく、その噂の「家族」はグレアムたちのことを指している。

「勿論、『はぐれ』に近づくことも関わることもない。だけど、そこにいることは知っている。……その山が、人間の手によって焼かれたんだとしたら――同族が焼き殺されたなら、噂にもなるってもんだ」

微笑んではいるものの、オリバーの喉からは威嚇するような唸《うな》り声が上がる。彼は噂である程度の事情を知って本当に「仲間」を案じ、害されたと思って憤りを覚えてくれているのだ。

本来ならば警戒し怖がる場面なのかもしれないが、つい頰を緩めてしまった。

「……なんでわかったの？」

肯定するようなことを言ったグレアムに、オリバーの表情が明るくなる。そこには少し、安堵も滲んで見えた。

「同類は『におい』でわかるもんだろ。お前だって、俺を同類だと思ってただろうが」

においというのは本当ににおうというわけではない。直感的なもののことだ。

「それに、炭鉱夫がどうのって言ってたが、お前は炭鉱夫にしちゃ爪が綺麗すぎるんだよ」

「えっ？」

思わず、自分の両手の爪を見てしまった。

「でも、ここに来るまでに、実際ちょっと手伝ったこともあるんだよ」

「お前の設定だと『子供の頃から』だろ。そういうやつの手や肌は黒いもんだ。詰めが甘かったな」

ちょっと得意げにオリバーが言う。けれど他の同僚たちにそのあたりを指摘されたことも不審がられたこともないので、やはりオリバーの勘がいいのだろう。

まいったなと思いながらも感心する。

「――そんなことよりも」

ずいと身を乗り出してきたオリバーに、グレアムは一歩後退する。

「やっぱり山火事の被害者で間違いないんだな。親はどうした。まさか本当に山火事で殺されちまったんじゃないだろうな」

普段は優しく仲間思いの彼が、目をぎらつかせている。

――いや、仲間思いだから、人狼の俺たちがひどい目にあったんじゃないかって心底怒ってくれてるんだ。

グレアムは慌てて首を横に振った。

「違うよ！　……父さんと母さんは、それよりずっと前に死んだ。雪崩《なだれ》に巻き込まれたんだ」

グレアムの言葉に、オリバーの怒気がほんの僅か引っ込む。

あの山は、雪崩や土砂崩れの多い場所だった。だから、人狼どころか人が住むこともなかったのだ。そのせいで、両親は命を落とした。

「父さんと母さんを殺したのは人間じゃなくて、俺だもの」

オリバーが怪訝な顔をする。

「雪崩で死んだんだろ。お前のせいじゃない」

「でも、俺が人間に人狼だってばれなければ、はぐれてあの山には住まなかった。だから、俺のせいだ」

「それは違う！　遠い原因を結びつけて、自分を罰するな。そういうことを言い出すと、きりがない」

その場限りの誤魔化しではなく、オリバーが否定してくれる。ち、と舌打ちをして「お前の親の死因が人間じゃないことはわかったよ」と納得した。

「だが、山に火をつけられてお前が追い出されたのは本当だろう？　あの修道士だって、その仲間だったんじゃないのか？　何故一緒にいる？」

「シリルはなにも悪くない！　むしろ、俺のせいであの里を出ることになったんだ！」

シリルは本当は、里に残って欲しいと望まれていた。

よからぬことを考えていた大人たちはいなくなり、残された女性や子供、教会の修道士たちで里を立て直そう、というところだったのに、シリルはグレアムとともにいることを選んでくれたのだ。

「俺はもうあの里にはいられないから、場所を移るつもりだったんだよ。でも、シリルはついてきてくれた。家族になろうって」

「だが所詮人間だ。人狼だとわかったからと山に火をつけたやつらの仲間だろ。それなのに、のうのうとお前の隣に――」

「違うよ」

またしても頭に血が上り始めたオリバーを、落ち着かせるように即座に否定する。

山に火をつけられた理由は、人狼だとばれたからではない。だが、実際は人身売買の濡《ぬ》れ衣《ぎぬ》を人狼に着せ、そして事態が露見しそうになったので人狼狩りと称して山に火をつけた、というのが真相だったが、そちらのほうがもっと彼を怒らせるような気もする。

だがそれだって、シリルが加担していたわけではない。

「さっき、オリバーが言ってくれたんじゃないか。遠い原因を結びつけて罰するなって」

迷いながらも、先程オリバーが言ってくれた言葉を使って説明する。オリバーは一瞬言葉に詰まった。

「シリルは人間だよ。でも、俺を殺そうとした人間じゃないし、その仲間でもない。……むしろ、俺を庇《かば》って陥れられそうになったくらいで」

そのときのことを思い出すだけで、胸がぎゅっと締め付けられる。心が、ざわつく。

彼は出会う前にグレアムのことを――山に棲む人狼を「人食い狼男」だと思って退治しに来たことをとても気に病んでいて、けれどそのことが誤りだとわかってからは、里の人々の誤解をとくために奔走してくれたのだ。

「俺と一緒にいてくれるって……俺を、選んでくれたんだ」

シリルはグレアムにとって大事な人で、敵ではないことをどうかわかってほしいという気持ちを込めて言い募る。

「家族のいない俺と、一緒にいてくれるって、それで」

――それで、俺はシリルに住処を捨てさせた。

そんな考えが過《よ》ぎり、無意識に言葉を飲み込む。

自分と出会わなければ、或《あ》いは、寂しさに負けず、グレアムがひとりで大丈夫だと気丈に振る舞っていれば、シリルはあの里でまだ暮らしていたかもしれない。

シリルがグレアムを選んでくれたのが嬉しくて、彼の優しさを受け入れてしまった。

考えないようにしていたが、そのことが引っかかっていたのだと、こんな場面で思い知る。

不意に黙り込んだグレアムに、オリバーは再び舌打ちをして息を吐いた。

「……わかったわかった。悪かったよ。納得してやるからそんなに怒るなって」

不服そうというより気まずげなのは、グレアムが腹を立てていると思っているからなのだろう。

黙り込んだ理由は怒っているからではないのだけれど、正直に言うのも憚《はばか》られて訂正はしなかった。

「……別にオリバーに納得してもらう必要はないと思うけど、ありがとう」

「なにぃ？　生意気だぞお前」

心配してやったのにこいつ、と組み付かれ、互いに笑い声を上げる。じゃれるように髪を乱暴に掻き回されて、そんな行為が親しさの表れのようで擽《くすぐ》ったかった。

「ていうか、もう服着てよ！」

「別にいいだろうが男同士なんだから」

「そういう問題じゃないって！」

床に落ちた服を押し付けると、オリバーは素直にそれらを身に着けた。

「で？」

「『で？』って？」

唐突に向けられた問いかけの意味がわからず首を傾げる。

「幼馴染みってのは嘘なんだろ。選ぶの選ばないの言ってたけど、本当はお前らの関係はなんなわけ」

「それは」

そのあとがどうしてか続けられなくて言い淀む。

「まあ、関係もなにもないか。友達だろ」

けれどグレアムの葛藤《かっとう》とは裏腹に、オリバーが勝手に結論づけてしまった。

何故シリルとの関係を口にできなかったのか、自分でもよくわからない。

言い表す言葉は、沢山あるはずだ。オリバーの解釈による「友達」でもよかった。多分それが一番自然に聞こえる間柄だ。

「恋人」というのだって、シリルの宗派は同性同士の睦み合いを認めているし、言っても咎《とが》められることはない。だけど、言えなかった。

——だって……なんだか、俺とシリルがまだ対等じゃない、から。

「——グレアムとブラザー・シリルは、苦楽をともにした間柄には違いないんだろうけど、なんか他人行儀だよな」

「え？」

服に袖《そで》を通していたオリバーに思わぬことを言われて、目を瞬く。

「だってそうだろ。ブラザー・シリルと家族になりたいっていうけど、この間家に行ったときもなんかお互いに遠慮してただろ。いつまでも他人行儀なままじゃ家族になるなんて到底無理じゃないのか」

オリバーの科白《せりふ》に、自分の頭に血が上っていくような感覚がした。

「そ、そんなことないよ！　それに、他人行儀なんかじゃない。ただお互いに気遣ってるだけだよ。それのなにがいけないの⁉」

「――おい、グレアム！」

オリバーの返事も聞かず、堪らなくなって小屋を飛び出す。

違う、俺たちは、と否定しながらもこんなに気持ちが荒れるのは、痛いところをつかれたからにほかならない。

自覚しながらも認めたくなくて、振り切るように日が暮れた街の中を走り抜けた。


必死に走って家に戻ると、今日もシリルは先に帰って夕飯の準備をしてくれていた。

「グレアムさん？　遅かったんですね……？」

こちらの気配に気づいたシリルがそう呼びかける。戸を閉めて、すぐに狼の姿になった。

「グレアムさん……？」

台所から顔を出したシリルが、目を瞠る。

グレアムは床に落ちた服を口で拾って、微かに目を細めることで応答した。

——俺のバカ。弱虫。

自分がひどく落ち込んで動揺していることをシリルに悟られたくなくて、狼の姿に逃げた。服を咥《くわ》えれば言葉は発せない。だから声音で心の揺れを悟られない。狼になれば人間よりも表情を読まれない。

服を洗濯籠に放って、狼の姿のままシリルに近づいた。まるで本物の狼のように、くぅ、と喉を鳴らす。

調理の手を止めて、シリルは身を屈《かが》めて目線を合わせようとしてくれた。

「せっかくご飯作ってくれたのにごめんね。ちょっと今日忙しくって、疲れたから先に寝るね」

少しだけ心を落ち着かせて、そんな言葉を取り繕う。シリルは眉尻を下げた。

「それは構いませんけど……」

努めて明るい声を作っておやすみを告げて、寝室に逃げ込む。寝るときはいつも狼の姿だから、疲れていて早く眠りたいからすぐに狼の姿になった、という状況は特に不審には思われないだろう。

やがて、居間のほうからシリルが食事をしている気配がしてきた。

できる限り一緒にご飯を食べようと約束していたのに、シリルをひとりきりにさせている。

自分から逃げたくせに悲しくて、情けない。悶々としながら、敷布に鼻先を突っ込み、目を瞑《つむ》った。

「……グレアムさん」

いつの間にかうとうとしていたらしい。声をかけられて初めてシリルが傍にいたことに気がついた。

「ん……？　ごめん、俺幅とっちゃってた？」

大きな狼がベッドのど真ん中にいては細身で小柄なシリルでもさすがに狭い。もぞもぞと枕元のほうに移動したら「そんなことないです」と止められた。

「そうじゃなくて……どうか、したんですか？」

「なにが……？」

誤魔化したわけではなく、半分寝ていた頭でぼんやり答えると、優しい掌に頭を撫でられた。頭から首、背中にかけて撫でられ、耳の後ろを擽られると、すぐに体の力が抜けてしまう。シリルの手は本当に優しくて気持ちいい。でも時々、いやらしい気分にもさせられるので、嬉しい気持ちが半分、困った気持ちが半分、という感じだったが、今日はただその手に癒《い》やされ慰められた。

「シリ……うわっ？」

突然抱きつかれ、毛並みにもふっと顔を埋められて思わず声を上げてしまう。

一瞬で目が覚めた。シリルには珍しく顔をぐいぐいと押し当ててきて、その表情はよく見えない。

「シ、シリル？　どうしたの？」

どぎまぎしつつも心配で尋ねると、シリルは少し黙り込んだあと、顔を上げずに答えた。

「……なんでもないです」

そう言って、シリルはグレアムに抱きついたまま寝台に横たわった。

なんでもない、などということはなさそうな様子に、グレアムはくぅんと喉を鳴らす。

「シリル？　どうしたの？　なにかあった？」

もしかしたら、シリルはなにかグレアムに食卓で話したいことがあったのかもしれない。けれどグレアムが今日は逃げてしまったので、叶《かな》わなかったのだろうかと後悔する。

今日は本当に、なにもうまくいかない。

「どうかした、シリル？　大丈夫？」

シリルは答える代わりに、グレアムを抱く腕に力を込めた。

——顔、見えないや。

グレアムの毛皮に顔を埋めているためその表情は読めなくて、不安になる。けれど、自分が狼になったのも同じく表情を見せないための手段だった手前、彼に顔を見せてとは言いにくかった。

翌朝もシリルとはぎくしゃくしたままで、互いにそのことを指摘もせずに仕事へ向かった。

オリバーの言った「他人行儀なままじゃ家族になるなんて到底無理」という言葉が頭の中でぐるぐると回っている。

そんなことない、と反発心を強く覚えるのと同時に、昨日のシリルとの遣り取りが蘇《よみがえ》って、胸が悪くなった。

シリルだけでなく、オリバーに対してもいつものように向かい合えなくて、「なんだ、喧嘩《けんか》でもしたのか？」と親方や同僚に心配させる始末だ。なんでもないです、と答える声は自分でもわかるほど強張《こわば》っており、同時に自己嫌悪する。ずっとひとりで過ごして来た弊害か、こういうときに上手《うま》く立ち回れなくなるなんて思いもしなかった。

オリバーも気まずく思っていたのか、今日は珍しく仕事を終えるなりさっさと帰ってしまった。安堵《あんど》したような、そうでもないような気持ちに胸を押さえていたら、親方に「おい」と声をかけられた。

手招きされて、慌ててそちらへ走り寄る。なにか失敗でもしただろうかとどきどきしていたら、親方は「あー」と言いにくそうにしながら咳払《せきばら》いをした。

「お前らになにがあったか知らんが、手遅れにならないうちにさっさと話をしろよ」

「は……」

手遅れってなんだろう、と怖くなっていると、親方は大きく溜息《ためいき》をついた。荒れた大きな掌《てのひら》で、乱暴にグレアムの頭を掻《か》き混ぜる。

「話をしないとこういうのは拗《こじ》れていくもんだ。どっちが悪いかなんて俺はわからねえが、早いうちに話をしておいたほうがいい。話した上で、それでも駄目だっつうならそのときはしょうがねえけどな」

ぺち、とグレアムの額を軽く叩《たた》いて親方が笑う。その言葉はオリバーとのことだけでなく、シリルとのことにも当てはまり、心に刺さった。

「はい……」

しょんぼりと頷《うなず》いたグレアムに、親方はごく軽い仕草で頭を叩いた。お父さんみたいだ、と言ったら「俺はまだそんな齢《とし》じゃねえ！」と怒鳴られて、笑いながらグレアムも仕事場を出る。

……話をしないと、だよね。

そうは言っても、ふたりになにを話すべきなのかは自分でもわからない。どちらに、なにから話せばいいのか。

今まで独りで生きてきたから、そのあたりの技術が欠けている自覚はある。

結論も出ずに迷ったまま家の前に立ち、ふと中から話し声が聞こえて足を止めた。

——シリルの声……？

独り言というわけではなく、来客があったのかもしれない。

——でも、こんな時間に？

シリルは修道士として人気があると言っていたし、家まで押しかけてくる信者がいてもおかしくはない。だが、彼が自宅へ他人を招くとも思いがたく、じゃあ一体誰と、という疑問が浮かんだ。

——お客様だったら……俺はいないほうがいいかなあ。

なんとなく、大事な話をしているのなら席を外すべきだと思い、家の前をうろうろしてしまう。通りかかったひとに不審な目で見られ、慌てて裏へ引っ込んだ。

居間に近いほうへ移動したせいか、先程よりもはっきりと話し声が聞こえてくる。

——え、どうしよう。まずいかな。

盗み聞きなんて、してはいけない。そう思って咄嗟《とっさ》に足を動かそうとしたが、中から「グレアム」と自分の名前が聞こえたので立ち止まってしまった。

気配に気づかれて名を呼ばれたわけではないようだ。恐る恐る、壁の陰に移動して耳をそばだてた。

「——あんたは本当に、グレアムを恨んでないわけ？」

尖《とが》った問いかけが投げられて、グレアムははっと目を瞠《みは》る。

――オリバー⁉

家の中にいてシリルと会話しているのは、紛れもなく同僚のオリバーの声だった。

――どうして？　今日は早く家に帰ったはずじゃ……。

帰宅したのではなく、シリルとグレアムの家に来ていたらしい。修道士への相談事、という雰囲気ではない。彼の声音にはわかりやすく棘《とげ》があった。

「あんたは本当は、元の里に残っていられたんだろ？　それなのに、グレアムと関わって、育った里を捨てなければならなかった。本当に恨んでないって言えるのか？」

オリバーの問いかけに、息が止まった。無意識に口元と胸を押さえる。嫌なふうに鼓動が速まっているのが、掌から伝わってきた。

――なんで、オリバーがそんなこと訊《き》くの？

それは、ずっと訊きたくて訊けなかった問いかけだ。

シリルに、故郷を捨てさせてしまった。そんな思いを、ずっと抱えている。

ひとりぼっちのグレアムと違って、シリルは沢山のひとに必要とされていた。今までだって、いつでもどこでも、そうだった。

だけど、グレアムを選んでくれたのが嬉《うれ》しくて、差し伸べられた彼の手を握ってここまで一緒に来てしまった。

シリルと一緒の毎日が楽しくて、嬉しくて――でもふとした瞬間に、この幸せな毎日は、シリルがもとの里で誰かと一緒に築けた幸せを踏みつけて作っているものなのではないかと不安に駆られるときがある。

シリルがもし、恨んでいる、後悔している、と答えたら、何処かへ帰りたいのだと言うのなら、グレアムには彼を引き止めることができない。その術《すべ》を持ち合わせていない。だから、申し訳ないという気持ちがあるのに訊けずにいた。

——やめて。聞きたくない。

耳を塞《ふさ》ぎたくて堪《たま》らなかったけれど、今まで逃げてきたつけを払うために、グレアムはシリルが選んだ答えを聞かなければならない気もする。

「——違います」

はっきりと聞こえた否定の声は、シリルのものだ。普段は物静かな彼の、珍しい強い語調に瞠目《どうもく》する。

「故郷を捨てたわけではありません。……故郷に切り捨てられたのは、私のほうです」

その苦々しく響く言葉に、胸が締め付けられる。

「……いいえ、そもそも私は、あそこで長らく過ごしてまいりましたが、故郷と呼べるものでもありませんでした」

結果的には「人喰い狼男」の存在自体は杞憂《きゆう》であったが、彼はグレアムの住んでいた山に死にに来た。

シリル本人が自ら志願したわけではない。後ろ盾もない、この先家族を得ることもないであろう孤児の修道士だから、死に役として選ばれた。

そして、人喰い狼男の仲間だと濡《ぬ》れ衣《ぎぬ》を着せられ、住民に石を投げられたのだ。

「だから、グレアムさんを恨みに思うはずもないです。……こんなことを言ったら、薄情だと思われるかもしれませんが」

シリルの言葉に、グレアムは無意識にしゃがみこんでいた。はあ、と掌に吐いた息が震えている。

――シリル……。

親方の言った通りだった。もっと早く、きちんとお互いに話をすべきだったのだ。

これ以上壁越しに聞いてなどいられない。盗み聞きのような状態で聞いていいことでも、聞きたいことでもなかった。

けれど、自分がいない場所で話されることは忌憚《きたん》なく発せられたもののようで、より嘘偽《うそ》りのない言葉だと教えられるようだった。

「ただ、私は……グレアムさんと一緒にいたかった。離れたくなかった。それだけです」

「口でなら、どうとでも言える。所詮《しょせん》あんたは人間で、俺たちは人狼だ」

否定の言葉に思わずグレアムが顔を上げると、シリルは鋭く突っぱねた。

「あなたにどう思われようと結構です。でも――」

シリルの声が、頼りなく揺らぐ。

「あなたは先程、グレアムさんが私に故郷を捨てさせたと言いましたが……本当は逆です」

「逆？」

鸚鵡《おうむ》返しに尋ねられて、シリルが一瞬返事に窮する。私が、と発せられた声は小さく、シリルはもう一度言い直した。

「──……私が、グレアムさんに、ご両親との思い出の地を捨てさせてしまった」

辛《つら》そうに、シリルの声が歪《ゆが》む。

グレアムはそのとき初めて、シリルがずっとそのことを気にしているのだということを知った。

思いもよらない科白《せりふ》だった。何故《なぜ》なら、グレアム自身はそのことをまったく気にしていなかったからだ。シリルによって捨てなければいけなかったなんて、シリルがそのことを負い目に感じているなんて、微塵《みじん》も考えたことがない。

もう我慢することができず、グレアムは立ち上がる。

「──そんなことないよ、シリル！」

窓を勢いよく開いてそう叫び、眼前の光景に息を呑んだ。

シリルが食卓の上に押し倒されている。

その上に伸《の》し掛かるのは、鈍色《にびいろ》の毛に覆われた、鋭い牙《きば》を持つ大狼──それを目にした瞬間、

全身の血が沸騰するような、全身が総毛立つような、生まれて初めての感覚に襲われる。

ぶつり、と頭の中の糸が切れるような音が聞こえた気がした。

「シリルから……離れろ‼」

怒号と咆哮《ほうこう》が混じり合い、その衝撃でまるで地震でも起きたように家具が揺れた。

食卓の上の皿が落ちて割れたのを皮切りに、グレアムは逆上し窓を乗り越えてオリバーに飛びかかる。いつの間にか、自分が人間の姿を失っていたことにも気がつかなかった。

「――っ」

オリバーはシリルから飛び退《の》き、床に着地する。その弾みで、シリルがテーブルの上から転がり落ちた。そちらに一瞬気を取られた隙《すき》にオリバーが唸《うな》り声を上げながら跳躍する。

互いに哮《たけ》り立《た》ち、咆哮しながら組み付いた。オリバーの首と前脚の付け根の間あたりに噛《か》み付いたら、同じ場所を噛み付き返される。

頭に相当血が上っているせいか、痛みは感じない。痛覚よりも反撃されるほどに闘争心が増していき、ぎゃんぎゃんと吠《ほ》え合い、食らいつきながらふたりで床を転がった。

「ちょっと、やめて……ふたりとも……！」

悲鳴のような制止の声をシリルが上げている。どうして止めるんだ、という気持ちで、更にいきり立った。

シリルがいくら咎《とが》めないと言っても、シリルに無体を強いたオリバーを許せない。好戦的な態度も気に食わない。親切にしてくれて、親しい間柄だと思っていたからこそ尚更怒りが爆発した。

先程の、大切なシリルに狼が牙を剝《む》いて伸し掛かっていた情景を思い出すだけで、我を忘れてしまいそうだ。恋人が、仲間が、それを大切にする自分の思いが踏みにじられているようで、悲しみと怒りに泣きたくなる。

「やめて、やめなさい」

振り回した尻尾《しっぽ》が、テーブルの脚にぶつかる。その拍子に空の水差しがオリバーの頭上に落下して命中し、彼は憤然と突進してきた。脇腹に勢いよく体当たりされてグレアムの体が吹っ飛び、本棚にうちつけられる。本が雪崩《なだ》れ落ち、腹の奥が滾《たぎ》るような怒りが渦巻いた。ぐる、と喉《のど》を鳴らして睨《にら》み合い、ふたり同時に跳躍し――。

「――いい加減にしなさい！　やめなさいって言っているでしょう⁉」

シリルがそう叫びながら、鍋の底にフォークの先端を立てて思い切り引いた。

金属と金属の擦《こす》れるキィーッ、という凄《すさ》まじく不快な音に、グレアムとオリバーは堪らず、きゃうんと叫び声を上げて飛び上がる。

人型のときでも普通の人間より身体能力が優れているが、狼体のときのほうが五感は敏感で、それ故に不快さは倍増だ。

生理的に総毛立つ肌と、背筋や鳩尾《みぞおち》のあたりに蟠《わだかま》る不快感に身悶《みもだ》えていると、シリルはフォークの背で鍋の底を叩いて音を鳴らした。

「落ち着いてください、ふたりとも。……まったく、我が家を壊す気ですか」

そう言われて部屋の中を見回すと、まるで台風一過のように大荒れに荒れていた。食器は割れ、テーブルはひっくり返り、椅子も棚も倒れ、花瓶は割れて床はびしょ濡れだ。昂ぶっていた感情が落ち着くと、その惨状に愕然《がくぜん》としてしまう。シリルとふたりで日々整えていた部屋がめちゃくちゃだ。

そうしてしまったのは紛れもなく己だと自覚して、血の気が引いた。尻尾を丸め、今更遅いが行儀よく座り直す。オリバーもまた、気まずげに横に並んだ。

シリルはそんなふたりを見据えて息を吐く。

「とにかく、ふたりとも人間の姿に戻ってください。片付けをします。話はそれからです」

静かに、けれど確実に憤っている様子でシリルが告げた。

思わずオリバーと顔を見合わせると、「返事はどうしました？」という叱責《しっせき》が飛んでくる。いつも通り穏やかで優しいはずなのに身が縮むような声音に、グレアムとオリバーは「はい！」と声を揃《そろ》えた。


仕事帰りで全員が疲れている中、荒らし回ってしまった部屋を黙々と片付ける。シリルは人間に戻ったグレアムとオリバーに居間の片付けを任せると、台所で夕餉《ゆうげ》の支度を始めた。

シリルにもオリバーにも訊きたいことは沢山あったが、今なすべきことは掃除と片付けなので我慢する。

あらかた部屋を整えたところで、シリルからも「食事ができました」と声がかかった。

「掃除も大体終わったよ」

「お疲れさまでした。オリバーさんも、よろしければ召し上がっていってください」

「じゃあ、お言葉に甘えて」

オリバーは悪びれることなく笑って、椅子に腰を下ろした。

帰ってよ、と言いたいところだったが、話を聞く必要があったのでどうにか飲み込む。それに、シリルとオリバーが普段通りの顔をしているのに、自分ばかりがぐちぐちと文句を言うのも情けなく感じたからだ。

グレアムはオリバーの対面に腰を下ろし、その隣にシリルも座る。

食卓には、パンと葡萄酒《ぶどうしゅ》、シリルの作ったシチューが並ぶ。三人でお祈りをして、いただきます、と手を合わせた。

「ん、うまい。ブラザー・シリル、料理うまいんだな」

「いいえ、そんなことは。人並みですよ」

――なんでふたりとも、そんなふうに普通に会話できるの？

人間の姿でも嫌だったろうが、狼がシリルに伸し掛かっている様子は、まさに捕食寸前という様子で肝が冷えた。シリルだって、狼に睨み降ろされるのは怖いなんてものではなかったはずだ。

それなのに、オリバーは謝りもしていない。シリルも謝られてもいないのに、どうして何事もなかったかのようにいられるのだろう。

いつものようにシリルの料理を褒めたいのに、砂を嚙んでいるようで味がしない。食べ物をもそもそと口に運んでいたら、オリバーが出し抜けに「悪かったな」と謝罪した。

「えっ」

脈絡なく切り出されて、一瞬頭がついていかなかった。

「悪かったよ、試すような真似して」

オリバーの科白を咀嚼《そしゃく》し、眉根を寄せる。

「……試す？　試すってなに？」

「だから」

「どういう意図があったかはもう別に、どうでもいいよ。でも、シリルは人間なんだよ？　人狼が乗っかったら、痛いし怖いに決まってる。なんでシリルにそんなひどいことしたの？」

言い出したら段々腹が立ってきて、声が大きくなる。グレアム、と窘《たしな》めるように呼んだシリルにも、少し怒っていた。

どうして渦中のシリルが他人事《ひとごと》のような顔をして、グレアムを宥《なだ》めるのか。

「俺のことはいいよ。でも、シリルにはちゃんと謝って。俺の大事な人に、ちゃんと謝ってよ。そうじゃないと、もう俺、オリバーのこと仲間だと思えない」

人狼としても、同僚としても。

この街に来て、初めて面倒を見てくれたのがオリバーだった。人狼として関わってくれたのも、オリバーが初めてだった。失うのが怖くて、彼が色々とはぐらかしても踏み込めずに逡《しゅん》巡《じゅん》していた。

仲間を失うのは辛い。でも、シリルを傷つけるのなら一緒にはいられない。

涙がこみ上げて来そうになって、唇を噛む。

オリバーは言いあぐねるように唸り声を上げ、頭を掻いた。

「わかった、悪かった」

息を吐き、彼は立ち上がる。そして、シリルに向かって深く腰を折った。

「……先程は、大変な失礼をいたしました。申し訳ありません」

オリバーからは聞いたこともない真摯《しんし》な謝罪に、シリルも弾かれるように立ち上がる。

「いえ！　頭を上げてください。私は大丈夫ですから」

「シリル」

思わず名前を呼んだグレアムに、シリルは困ったように微笑《ほほえ》んだ。どうして、自分が彼にそんな顔を見せられなければならないのかと、腑《ふ》に落ちない。まるでグレアムだけが聞き分けのない子供のようだ。

そんな不満が表情に出ていたらしい。シリルが強張ったグレアムの頬を労《いたわ》るように撫《な》でてくれる。先程のオリバーとの乱闘で少し腫《は》れて熱をもっていたからか、ひんやりとしたシリルの手はとても心地よかった。

「……オリバーさんのことは、怖くなかったから大丈夫です」

「そんなはずないよ！」

また庇《かば》うようなことを言われて、思わず大きな声を上げてしまう。けれどシリルは冷静に、そうじゃないんです、と言い添える。

「だってオリバーさん、本気で威嚇している様子がありませんでしたから」

「え……？」

体重もかかっていなかったし、とシリルが苦笑する。

「脅かすようなことを言っていましたが……そうですよね？」

シリルの問いかけに、オリバーは居心地が悪そうに唇を歪ませる。

本気であるかどうかと、襲いかかった無礼はグレアムにとっては別問題なのだが、オリバーの行動に脅かす以外の意味合いがあったというのはどういうことだろうか。

腰を下ろしてください、と促されて、オリバーが椅子に座り直す。シリルも席についた。

「それに、以前から私のところにいらして……失礼ですが、試すような行動もされていましたよね？」

オリバーは返事の代わりに苦笑する。それが肯定のようで、一体どういうことなのかと呆然《ぼうぜん》とした。

オリバーはちらりとうかがうような視線をシリルへ向けて、グレアムを注視する。

「ブラザー・シリルから、なにも聞いてないのか？」

「……一体なんの話？」

シリルからオリバーの話なんて聞いたこともない。接点があったことだって、いま初めて知った。

へえ、とオリバーが感心したように頷き、シリルに視線を向ける。シリルはそのとき、少しだけ心外そうな表情になったがすぐに消した。

「俺はさ、お前が初めてこの街に……職場に来たときに、ひと目ですぐに人狼だってわかったんだよ」

確かにグレアムの髪と虹彩は、人には珍しい色だ。けれど容姿のことばかりではなく、雰囲気で感じ取るものもあるのだろう。グレアムがオリバーに対してそう感じたように。

「でも同時に、北の田舎で人狼が住人に排斥された、っていう噂《うわさ》も流れてきてたから。……修道士と一緒にいる理由はわからないが、もしかしたらその修道士が理由を知っているかもしれない、或《あ》るいは、その修道士こそが排斥に関わっているかもしれないなと」

それで、彼はシリルが告解部屋にいるときを狙《ねら》って、探りを入れたそうだ。

先程、シリルが表情を曇らせたのは、オリバーがシリルを試したことを察したからだったのだろう。

「俺は人狼で、人を傷つけてしまった過去がある。……そう言ったら、ブラザー・シリルがどういう反応を見せるかなと」

「オリバー!」

失礼じゃないかと声を荒らげたグレアムに、オリバーはどこ吹く風だ。肩を竦《すく》めて笑う。

以前シリルが、この街には人狼の共同体はないのか、と訊いてきたことを思い出した。あのときには既に、オリバーの――この街に住む人狼の存在を認知していたのかもしれない。

「ブラザー・シリルは、それはそれは親身になって話を聞いてくれたよ。だが、その後どう出るかはわからない」

シリルはグレアムが狼男だと知っているのか、それとも知らないのか。グレアムが住処《すみか》を追われた原因はシリルなのではないのか。本当にこのふたりが一緒にいて大丈夫なのか――そんな疑問を探るため、そしてシリルが人狼に対してどんな反応をするか、告解の決まりを破ってこの街に人狼がいる話をグレアムにするか、とオリバーは二重に試したのだ。

「前に……同僚の方といらしたときも、私を試されましたよね」

北で狼男が排斥されたという噂を聞いた、と言っていた件だ。

あれはてっきりグレアムを試したのだと思っていたが、同時にシリルの様子もうかがっていたらしい。

オリバーは明確に肯定はしなかったが、目を細めた。

「じゃあ……告解部屋でされたお話は全部嘘だった、ということですか？」

「一部ね」

硬い声での問いかけに、オリバーは苦笑して答える。揶揄《からか》うような言い方に、グレアムはかっとなって食卓を叩いた。

「オリバー！」

グレアムさん、とシリルに袖《そで》を引かれて、奥歯を噛んで堪《こら》える。オリバーは片眉を上げて息を吐いた。

「心配だったんだよ。お前は前評判では危険人物扱いだったからな」

「えっ」

前評判、というのはこの街の人狼たちの間で、ということだろう。

「風の噂とはいえ、お前は十中八九、北で排斥された人狼だろうし」

人狼が排斥される理由は、殆どが「正体がばれたこと」だが、住処に火をつけられるとなるとそれ以上の問題――害を他者に与えた可能性が考えられる。

「それで、まず偶然同じ職場になった俺が監視役としてついたってわけだ」

寝耳に水の話に、ぽかんと口を開ける。自分の知らないところで、同種がそんな話をしていたなんて想像もしていなかった。

「まあ実際に仕事をしてみたら、そんなことをする奴には全然見えないし、むしろそこらの子供より純粋すぎて危なっかしいというか」

苦笑するオリバーに、何故かシリルまでうんうんと頷いている。

思わぬ自分の評価に、頬が熱くなった。

「田舎者で世間知らずだし」

「うるさいな」

「でも、人馴《な》れはしてないし、とはいえ大人だから大丈夫だとは思うが、うっかり狼の姿に化けたら危ないし」

先程オリバーに襲われているシリルを見たら頭に血が上り狼の姿になってしまったので、強く否定はできない。

それに、とオリバーはほんの少し逡巡を見せる。彼はシリルをちらりと見て、顎《あご》を擦った。

「……俺と同じ道を辿《たど》るかもしれないと思って」

「オリバーと？」

「俺も昔、人間と恋に落ちたことがあったんだ」

思わぬ告白に目を見開く。シリルは既に聞き及んでいるのか、表情を曇らせた。

「俺は、元々はここよりもっとずっと西方の港町に住んでいた」

その町で人間と恋に落ちたオリバーは、恋人に、人狼であることを当初は黙っていたそうだ。けれど、互いに愛し合う中で、隠しごとはなしにしようと言われ、秘密を——人狼であることを打ち明けた。

「当初は、驚いた様子だった。だけど、たとえ何者であっても俺は俺だと言ってもらえて嬉しかった」

異種間の恋愛はままならないことが多いという。同じ人種であっても、生まれ育った地域の違いで揉めることだってあるのだからそれは当然のように思えた。

けれど、オリバーの恋人は人狼であることを受け入れてくれたのだ。ならば幸せな話ではないかと言いかけ、そうではないから彼は今、独りでいるのだと思い至る。

察して咄嗟に口を噤《つぐ》んだグレアムに、オリバーは目を細めた。

「勧められるままに酒を飲んで、俺は恋人に受け入れてもらえたと浮かれていて飲みすぎて……気づいたら手足を縛られて海に投げ捨てられていた」

「は⁉」

思わぬ展開に、グレアムは声を上げてしまっていた。オリバーはまるで他人事のように笑う。

「恋人は、俺のことが——人狼のことが怖くなったんだ。怖くて堪らなかったから、受け入れたように振る舞って、街のやつらに相談して、油断しているところを」

ぽい、とオリバーはおどけてなにかを投げ捨てるような仕草をしてみせる。

オリバーはグレアムとシリルの顔を見比べて、吹き出した。

「おいおい、そんな顔するなよ。よくあることなんだから」

「よくあるって……」

「お前らだってそうだろ？　異端だと露見したら攻撃された。恐怖を大義名分に、身を守ることを旗印に、迫害されただろ？」

人狼と人間との恋愛、友好関係の破綻《はたん》の筋書きとしてよくある話なのだと、オリバーが重ねる。

「それに、グレアムならわかるだろ。人型のときに手足を縛られたって、狼になれば楽に抜けられる。俺は狼の姿になってするっと縄を抜けて、必死に海を泳いで逃げた」

だから全然平気、とオリバーが笑う。平気なんかじゃない、と否定したかったが、彼自身も本気でそう思っているわけではないだろうから、言えなかった。

シリルもその話は初耳だったのか、隣で唖然《あぜん》としている。

グレアムも、泳ぐのは得意だ。だから、夜の海に放り投げられても必死に泳げばいずれ何処かの岸には辿り着く。

死ぬ可能性は低い。だけど、そんなものは平気じゃない。平気とは言わない。

「ブラザー・シリル。あんたには、『恋人との別れが拗れて、恋人を傷つけたから元の町にいられなくなった』って言っただろ」

「……はい」

ほんの少しの躊躇《ためら》いを見せたのは、それが口外できないはずの「告解」の内容に触れていたからだろう。

「『人を害する人狼』に対するあんたの反応が見たかったから、そう嘘をついた。真相はこんな情けないもんだけどさ。でも、嘘にはちょっと本当の話を入れると真実味が増すんだ。騙《だま》されただろ？」

シリルは言葉を失ったように、オリバーを真っ直ぐ見ながら唇を噛んだ。

「本当に、あんたに言った作り話みたいにあの町で暴れてやればよかった、って思うこともあるけど。そういう願望も混じってたかもしれねえ。でも、俺はあいつのことが好き……だったし、『好きな男が化け物だったなんて、騙していたなんてひどい』って泣かれたら、なにも言えねえよなぁ」

悪かったな、とオリバーが謝る。

心配だったから、ふたりを試したとオリバーは言っていたけれど、心配以上の複雑な気持ちがそこには介在しているようだった。

そんな話を聞かされ、同じ目に遭うのではないかと心配されていたと知ってしまったら、先程までのようにただ怒るなんてことはできなくなる。

「……心配してくれるのはありがたいよ。でも、シリルを試すようなことをしなくてもいいじゃないか」


責める声が無意識に、少し震えた。

オリバーは慌てた様子で「すまん」と謝罪する。

「悪かった、悪気はなかったんだ。騙した俺が悪かったから、泣かないでくれ」

「泣いてないよ……」

泣きたいのはそういう意味じゃないよと言いたい。

自分とシリルで想像したら、胸が潰《つぶ》れそうだった。そうなったらきっと、グレアムはシリルを恨むことなんてできない。化け物と言われて嫌われたことがただ悲しくて、怖がらせたことが申し訳なくて辛くなる。オリバーと違って、泳ぐ気力も湧かずに、縄も抜けないまま海の底に沈んでしまっただろう。

けれどオリバーは、涙声になったグレアムを慰めるように優しい声を出した。

「いや、だけどよ、本人がいない場所だったり、追い詰められたりしてるときの発言のほうが、本音は出しやすいだろ？　だからさ」

確かに自分も、先程オリバーに問い詰められるシリルの話を少しの間、盗み聞きしてしまった。自分がいないときのほうが、本心が聞けそうだと思ってしまったのも本当だ。

小さく息を吐き、頷く。

「それは……そうかもね。だって俺、シリルが……ずっと気にしてたなんて思いもしなかった」

シリルがはっと顔を上げ、手をそっと握ってくれた。その優しい感触に、申し訳ないような、嬉しいような泣きたいような、色々な気持ちが綯《な》い交《ま》ぜになる。

グレアムも、その細い手を握り返した。

「ごめん。ごめんね、シリル。俺、自分のことばっかりで、シリルが俺の住処を奪ったって思って悲しんでるなんて、考えたこともなかった」

シリルはグレアムと違って、どの街へ行っても受け入れられて、必要とされ、認められている。特に悩んでいる素振りもなく、グレアムの存在こそ重荷になっているかもしれないと不安になることはあっても、まさかシリルがそんなことを気にしているなんて知らなかった。

自分ばかり、となににつけても思っていたことが恥ずかしい。

シリルはぶんぶんと頭を振る。

「そんな……私のほうこそ、グレアムさんが気に病んでいるなんて思わなくて……不甲斐《ふがい》ないです、本当に」

「それはお互い様だよ！」

シリルの手を引き、こつんと額を合わせる。

「俺は、いま幸せだよ。シリルと一緒にいられて幸せなんだよ。辛いなんて思ったことない」

「……私もです。前の生活を懐かしく思うことも、ありません。あなたと一緒にいられて、幸せです」

ありもしないことに思い悩むのはもうやめにしよう。勝手に相手を不幸だと思うのも、自分ばかりが不幸だと思うのも。

もし辛く思うことがあっても、ひとりではないのだと互いに自覚するべきだ。

「シリル……」

愛《いと》しい気持ちが膨らんで胸が苦しい。そっと顔を近づけると、大きな咳払いの音に阻まれた。オリバーだ。

はっとして離れようとするシリルの手を摑《つか》んで阻み、完全に蚊帳《かや》の外になっていたオリバーに顔を向ける。

「……よかったよ、俺の存在を思い出してくれて」

彼はひどく苦いものを口の中に詰め込まれたような顔をしていた。

「うん。色々心配してくれたのは、感謝してる」

にこりと笑いかければ、オリバーは深く溜息をついた。

グレアムさん、とシリルが手を解こうとしながら咎めるような小さな声を出す。オリバーはもう一度、んん、と咳《せ》いた。

「ところで、ずっと気になってたんだが」

「なに？」

「お前らが、本当に思い合ってるってのは充分わかった。……だったらなんで、他人行儀な呼び方してるんだ、ブラザー」

急に矛先を向けられたシリルは、目を見開いた。

「え……？」

「あんた、ずっとグレアムのこと『さん付け』してるじゃないか。親しき仲にも礼儀ありとは言うが、どうしてだ」

そのことが余計に、オリバーにとってグレアムとシリルの距離感を覚えさせるものだったのだという。

「それとも、ふたりのときは呼び捨てなのか？」

――実は、俺もそれは気になってた……。

シリルとは相思相愛のつもりだ。だけど、シリルは出会ってから今に至るまでずっと「グレアムさん」と呼ぶし、丁寧語も崩さない。それは誰に対しても同じで、今日初めて会ったひとに対してもグレアムに対しても変わりがない。

困ったようにシリルがグレアムを見る。

「実は俺も……ちょっと気になってた」

助けを求められていたのは重々承知だが、せっかくなのでこれを機に訊いてみる。グレアムの返答に、シリルが少し困った顔をした。

「なにか理由が？　ブラザー」

オリバーに重ねて訊かれると、シリルは眉尻を下げた。

「いえ……実はあんまり意識していなかったというか……そういう性分なんです、としか」

「性分？」

「性分と言うか、習いというか……小さな子供相手なら呼び捨てにもできますが、ある程度大人の方相手だと、あまり……。子供の頃から修道士としての修行をずっと続けていたので、話し方もずっとこういう感じですし……」

その丁寧さがシリルにとっての標準であり、親しさの有無で変えるものではないのだという。言葉遣いも多少砕けることはあっても丁寧語のままなのは、それ以外の言葉を使うのに慣れていないからなのだ。

考えてみれば、彼の一人称も「私」だ。対外的に使っているわけではない。シリルに限った話ではなく修道士全員に言えるかもしれないが、他者に対しては丁寧であることが基本なのだろう。

――なるほど……。俺が丁寧語あんまり使わないのと同じくらい、シリルが丁寧語を外すことってないのかも。

例えば常に相手をさん付けで呼び、丁寧語で話す、というのはあまりグレアムにとって日常的ではないし難しいかもしれない、と逆の立場で考えてみて納得する。

「へえ、そういうもんか」

オリバーも納得したらしく、頷いた。

「勿論、公私で使い分ける修道士もおりますが、私の場合は……」

けれどシリルのほうが、少々物言いたげな顔でこちらを見た。

「シリル？」

「……でも、他の人はグレアムさんを呼び捨てにするでしょう？」

「そりゃ、まあ」

ここに辿り着くまでの道中、日雇いの仕事をしていたときも、この街で働き始めてからも、グレアムはむしろさん付けで呼ばれることのほうが少ない。もしかしたら一度もないかもしれない。

シリルは逆に、職業柄「ブラザー」という敬称をつけられるのが基本で、呼び捨てにしているのは、恐らくグレアムだけだ。

「……親しげに呼ばれるグレアムさんを見ると、極稀に、ほんの少しだけですけど……なんだか胸がざわつくときも、あります」

「ん？　それって」

グレアムは、シリルに出会うまでずっと孤独に暮らしていた。必要最低限のものを買いに山を下りることはあったけれど、それでも名前を名乗ったこともない。親しい間柄の誰かを作ったこともなかった。特定の誰かと名前を呼び合うような関係がなかったのだ。

だがシリルと過ごすことでひとと関わりを持つのを忌避するのをやめ、そして定住したことによって初めてグレアムに「交友関係」というものが生まれた。

「それってつまり、グレアムのことを親しげに呼び捨てるやつが沢山いるってことに嫉妬《しっと》したってことか？」

オリバーの指摘に、シリルは真っ赤になって俯《うつむ》いた。そして頰を擦りながら「変ですよね」という。

「変なんです。自分が勝手に呼ばないだけなのに、他の人が私とは違う……親しげな呼び方をしているからといって、なんだか、複雑な気分になってしまって……」

言いながら更に恥ずかしくなったのか、シリルの声が尻すぼみになっていった。

けれどグレアムからすれば、初めてのシリルの嫉妬心を知って嬉しさに頰が緩んでしまう。シリルの気持ちを疑っていたわけではないが、自分の愛情のほうがとてつもなく大きい気がしていた。けれど、シリルもちゃんとグレアムを好いてくれているのだと知れて、本人はひどく気にした様子なので申し訳ないが、嬉しくて堪らない。

「シリル、かわいい！」

「わっ……！」

恐る恐る視線を上げたシリルに、思わず抱きついてしまった。腕の中でシリルが困惑する様子が伝わってくる。耳元に軽くキスをしたら、シリルの細い体がぴくりと震えた。

「――だから俺の存在忘れねぇでくれねぇかな？」

遮るように割って入ってきた言葉に、はっとする。シリルに夢中になって半ば本当にオリバーの存在を忘れかけていた。

顔を真っ赤にしたシリルからも咎めるように胸を叩かれ、しぶしぶ「ごめんね」と謝った。

それぞれ誤解が解けたところで、食事を終えたオリバーは「色々と邪魔したな」と席を立った。

引っ掻き回したのは敵愾心《てきがいしん》があったわけではなく、グレアムやシリルが不幸にならないかというお節介を焼いてくれたということで間違いないのだろう。

お節介にしてももう少しやりようがあるのではと、どっと疲れたが、結果的に自分たちが遠慮したりむやみに不安に思ったりしていたことが解消されたので、その点は感謝している。

「あの、オリバーさん」

オリバーを引き止めて、シリルが彼と向かい合う。

「グレアムさんのこと、よろしくお願いします」

深々と頭を下げたシリルに、グレアムだけでなく、オリバーも驚いた顔をする。

「勿論です。グレアム、今度はきちんと人狼たちの集まりで顔合わせをしよう」

そう言って、オリバーは「また明日」と帰っていった。

オリバーを玄関で見送ったあと、ふたりで寝室へと向かう。いつもならすぐに狼の姿をとるところだが、ひとの姿のままベッドへ並んで腰掛けた。

今日は、訊けずにいたことが沢山訊けた。だから、もののついでというわけではないのだけれど、かねてから気になっていたことを訊きたかったのだ。

「あのね、シリル」

傍らに座るシリルの手を握る。はい、とシリルが優しい声で応えた。

「あのさ、俺と……、俺の、狼の姿好き？」

真っ直ぐに訊くのが憚《はばか》られて、ついまた遠回しな表現に逃げてしまう。シリルはきょとんとして、頷いた。

「ええ、勿論です」

にっこりと笑うシリルが可愛《かわい》くて、胸が甘く疼《うず》く。

そっかぁ、ならいっか——と言いそうになり、それじゃ駄目だと即座に思い直した。この機を逃したら、また何日も何十日も悶々《もんもん》とする羽目になってしまう。

人狼なのだから、どちらも本当の自分の姿だ。けれど、その姿を晒《さら》すことはグレアム自身のことも周囲のことも幸せにしない。

そんな考えを持たなくなったのは、大好きなシリルが、劣等感の塊だった狼の姿を愛してくれたからだった。

その事実はグレアムの心を救い、やがて一抹の不安を抱かせた。

こほん、とわざとらしく咳払いをして、その「不安」を言葉にしてみる。

「……シリルは、俺と、したくない？」

勇気を振り絞って訊いてみると、シリルは目をまん丸くした。その表情からシリルの本心は読めなくて、グレアムは焦って前のめりになる。

「シリル、俺と交尾するの、嫌？」

今度は直截《ちょくせつ》な単語を使って訊《たず》ねると、一拍置いて、シリルの顔が真っ赤になった。後退ろうとしたシリルの手を握り、逃さないように阻む。

「グ、グレアムさん、なに言って」

「お願い、答えて。大事なこと……だと、思うんだけど」

それでも強い言葉では追及できず、ちょっと弱々しい問いかけになってしまった。自分で質問したくせに、毛皮のグレアムのほうが好きだと言われたら心が折れるのは必至だ。

シリルは頬を紅潮させながら口をぱくぱくと動かし、やがて眉根を寄せた。少々怒ったようなその顔に、内心びくつく。

けれど、シリルは思いがけないことを言った。

「……それは、逆じゃないんですか」

「え？」

一体どういう意味だろう。

問いに問いで返されるとは思わず、首を傾《かし》げる。シリルは頬を赤く染めたままグレアムを睨んだ。

「したくないのは、グレアムさんのほうでしょう？」

「な、なんで⁉　誰にそんなこと言われたの⁉」

またオリバーの入れ知恵か、それとも口さがない信者などの噂話か。

そんなことを言うなんてと憤慨しかけたグレアムの鼻先に、シリルの指が突きつけられる。

一瞬どうしたのかと驚いたが、それは先程の自分が言った「誰に」の答えなのだと気がついた。そのことを把握し、目を大きく見開く。

「え⁉　俺⁉　俺そんなこと言ってないよ、絶対！」

「口には出してませんけれど、態度でそう示しているじゃありませんか」

「態度って⁉」

本当になんのことかわからなくて、更に距離を詰める。手を握られたまま、シリルの上体が逃げていった。

シリルは顔を逸《そ》らし、ぼそぼそと呟《つぶや》く。

「……私とはそういうことをする気がないから、寝床に入ってすぐに狼の姿になるんじゃないんですか」

「――」

シリルの指摘に、グレアムは固まる。

「私と、夜に恋人の……そういう、営みをする気はない、という意思表示をされているんだと思っていました」

「ち……！」

違う。そんなつもりはこれっぽっちもなかった。

そう弁明したいのに、衝撃的すぎて言葉が出てこない。

シリルはちらりと視線だけをこちらに向け、また逸らした。グレアムはどうしてか声が出ない代わりに、必死に頭を振る。

けれどシリルはどこか諦《あきら》めたように、微《かす》かに笑んだ。

「いいんです。……別に、私はあなたと一緒にいられれば、それで満足――」

「っ、満足しないでお願い！」

　このままでは本当に、もう二度とシリルと抱き合えないのでは、という危機感によってようやく出た言葉に、シリルが胡乱《うろん》な目を向ける。

　けれどその科白はシリルと一緒にいるだけじゃ満足できない、と言っているように聞こえやしないかと不安になって、グレアムは再び慌てて首を横に振った。

「い、いや、あのね。俺も、シリルと一緒にいられるだけで嬉しいし、大満足だよ！　それは本当、だけど、でも別に体目的ってわけじゃないけど、でもでも、シリルにもっと触りたいっていうか、いや俺なに言ってるの⁉」

　とてつもなく混乱しているせいで、なんだかめちゃくちゃなことを言っている気がする。しゃべればしゃべるほど言いたいことが伝わらないことが増えていくようで、このままじゃ本当に誤解されてしまう、と涙目になっていたら、シリルが小さく吹き出した。

「……シリルぅ……」

　自分でもわかるくらいに情けない声が出る。シリルはますます笑みを深めた。

「ごめんなさい、笑ったりして。でも、グレアムさんが嘘をついているわけじゃない、というのはわかりましたから」

　ほっと胸を撫で下ろし、シリルの手を取る。自分もシリルも、ほんの少し、指先が火照《ほて》っていた。

　グレアムは、小さく深呼吸をする。

「……すぐに狼の姿になったのは、最初は、シリルが寒いかなって思ったんだ」

旅を始めた当初は、あまりいい環境にあるとは言えなかった。

シリルが修道士ということもあり、寝床に困るということはなかったけれど、比較的簡素な寝具が多かったのだ。真冬ではないけれど、山間部の夜は冷える。だから、自分の毛皮であためよう――そう思ったのが始まりだ。

そんな説明をすれば、そういえば、とシリルも思い出したように頷く。

「あったかいのもだけど、シリル、俺が狼になるとすごく喜んでくれるし」

「す、すみません……」

動物好きな彼は狼のグレアムのことがとてつもなく好きだと思う。わしゃわしゃと撫でたり、毛皮に顔を埋めたりしているときの幸せな顔と言ったらない。本人も自覚があるのか、シリルの頬が真っ赤に染まる。

グレアムにとっては好きな子に触られて嬉しいのと、触られるけれど変な気持ちにならないように我慢するのとで、天国と地獄を味わうのだけれど。

「あ、でも俺もくっついて寝られるの、嬉しかったし。それはいいんだけど……やめどきがわからなくなって」

シリルは夜になって狼の体を思う存分愛《め》でるのを楽しみにしているようでもあったので、ますますやめられず。

　それはシリルにその気のないのと同義で、けれどグレアムとしては好きな人と一緒にいて、更に密着していれば、その気になってしまう。だから己を律するために、就寝時には即座に狼の姿をとっていた。

　そんな説明をしたら、シリルは真っ赤になりながら、困惑の表情を浮かべた。火照りを抑えるためか、掌を頬に押し当てるのが可愛くてじっと見てしまう。

「す、すみません、察しが悪くて……」

「いや、でもそこは言わなかった俺にも責任の一端はあるからさ。シリルだけがどうってわけじゃないよ」

　認めたくはないが、オリバーが他人行儀だの遠慮だの言っていたのは、強く否定できない。シリルと繋《つな》いでいた手を、指を絡めるように握る。身を寄せて、そっとシリルの唇に口付けた。以前は触れるだけで緊張していたシリルも、今はすぐに受け入れてくれる。

　誘うように開いた唇の間に、舌を差し込んだ。縮こまった小さな舌を絡めて吸うと、シリルの吐息が震える。

「ずっとずっと、シリルに触れたかった」

　ほんの僅《わず》か開いた唇の隙間に、そう囁《ささや》いた。

「おやすみなさいって、一緒に寝るだけじゃなくて、……本当は、シリルにもっとちゃんと触りたい」

言いながら、シリルの細い体をベッドに押し倒す。シリルの体が少し強張ったのはわかっていたものの、やめられそうになかった。

「……だめ？」

首を傾げながら問うと、シリルはぐっと言葉に詰まった。我ながら狡《ずる》い訊き方をしているなとは思う。

——でも、本当にシリルが嫌なら……我慢するけど。……できる、多分。

けれど、シリルは予想外の行動を取った。頬を微かに紅潮させながら、グレアムの背中に両腕を回してくれたのだ。

「シリル……！」

受け入れてくれる仕草をしてくれたシリルに、堪らず抱きついてキスをする。唇を重ねながら、グレアムはシリルの衣服を剝《は》ぎ取った。

シリルを怖がらせないように優しく、あまり飢えた感じを出さないように、と頭では思うのに、体は言うことを聞かない。少々荒っぽくシリルを裸にすると、やっと、少しだけ頭が冷静になった。

「……っ」

息ごと奪うように口付けていたせいか、唇を離すとシリルが喘《あえ》ぐような吐息を零《こぼ》す。グレアムの腕の中で頬を上気させ、目を潤ませるシリルの姿は艶《なまめ》かしく、思わず喉が鳴ってしまった。

普段は殆ど肌を露出しない慎ましい仕事着を着ているシリルの無防備な姿は、綺麗《きれい》で清楚《せいそ》なのに、ひどく官能的に映る。

「グレアム、さん？」

はっとして、グレアムは濡れたシリルの唇を指で拭《ぬぐ》った。

「ご、ごめん。夢中になっちゃった」

久しぶりの触れ合いと、シリルの裸身に。

シリルはなんとも言いようのない表情になって、ほんの少しの逡巡のあとグレアムにしがみついてきた。くっついてきてくれるのは嬉しいけれど、彼の顔が見えない。一瞬戸惑ったが、シリルが照れているのだというのがわかり、胸が疼いた。

「シリル、顔見せて」

優しく問いかけるも、シリルは動かない。ふといたずら心が湧いて、グレアムはシリルの腰を撫でた。

「っ……」

びくん、と細い体が跳ねる。

掌を下腹に移動させ、シリルのものに触れる。まだ柔らかなそれに指を絡めると、シリルが息を震わせた。

「……っぁ……」

シリルのものは、グレアムの掌の中でゆっくりと形を変えていく。時折声を詰めるのは、感じてくれているのだろうか。

徐々に濡れてきて音を立て始めると、シリルが耐えかねるように腰を上げた。逃げた腰を抱いて引き寄せ、ほんの少しだけ強めに擦る。びく、びく、とシリルの体が跳ねて、しがみつく腕の力も強くなった。

「っあ、待ってくださ、……」

グレアムの肩に顔を押し付けるようにしながら、シリルが頭を振る。

「いいよ、いって」

「……っ」

耳元で囁くと、シリルは誘われるように果てた。彼の荒く熱い吐息が肌に触れ、それだけでも興奮する。

「……ごめんなさい……」

顔を埋めたまま恥ずかしそうに言うシリルに思わず相好を崩し、彼の髪に唇を寄せた。

「どうして？　嬉しいよ」

清廉潔白そうなシリルが、ちゃんとグレアムの愛撫《あいぶ》に感じてくれている。それだけで嬉しいし、気持ちは昂《たか》ぶる。

他者と肌を合わせるのは、お互いが初めてだ。シリルのこんな姿を見たことがあるのは、見ることができるのは、自分だけ。そう思うと、満たされる独占欲と優越感に、胸が震える。

――最初は、「女の人とするのは駄目で、男の人とならしてもいい宗派」だっていうから、もしかしたら他の男がシリルに触ったことがあるかと思って肝が冷えたけど。

肝が冷えたというか、今なら明確に自覚できるがシリルに触れたかもしれない架空の男に激しい憎悪と嫉妬心を抱いたのだ。その疑念はすぐにシリルに否定され、なにもかも自分が初めてなのだと知ったときは、我ながら驚くほど早く機嫌が直った。

「っ、あ」

シリルのもので濡れた指で、彼の腰に触れる。小さな尻を撫でて、その奥にある窄《すぼ》まりに触れた。久しぶりだし、緊張しているせいで固くなっている場所を、優しく解《ほぐ》す。

枕元の棚に火傷用の油をしまっていたことを思い出し、それを利用しながら入れる指の数を慎重に増やしていった。

最初は少し苦しそうだったシリルの顔から、緩やかに苦悶の色が薄れていく。

「ん……っ」

腕の中のシリルの体が熱い。きっと、自分の体温も上がっているだろう。

――指しか入れてない、のに。

不思議なことに、すごく気持ちいい。指先から全身が甘く痺《しび》れるようだった。色っぽいシリルの媚態《びたい》を目の当たりにしているせいで既に固くなっている自分のものを入れてしまったら、一体どうなるのだろう、と思う。

「……っ、ぅ……」

ふるりと身を震わせて、シリルが息を詰める。完全に達したわけではないようだが、彼のものからは、ほんの僅かに快感の兆しが溢《あふ》れていた。

シリルは浅く呼吸しながら、軽く浮かせていた腰をグレアムの膝の上にぺたりとついた。

——う……っ。

ようやく見られたシリルの顔は、普段の清らかさが嘘のように、色っぽく蕩《とろ》けている。とっくに固くなっていた己のものが、更に硬度を増したのがわかった。

優しくしたい気持ちがおおいにあるのに、己の欲望を目の前の細い体に突き立てたい、という乱暴な気持ちも同時に湧き起こる。

——落ち着け、落ち着け。

落ち着け、と心中で繰り返しながらも、無意識にシリルの胸元に顔を寄せていた。吸い寄せられるように、シリルの胸に唇を押し当てた。

「っ——！」

弛緩していたシリルの体がびくっと強張る。グレアムは淡い色をしたシリルの胸の突起を舐《な》め、吸い付いた。

「グレアムさ、……、やっ……ぁ」

慎ましく立っているそれを舌で愛撫すると、シリルが泣き出しそうな声を上げる。嫌、駄目です、と言いながら首を振るけれど、本気で拒む気配はない。

——本気で泣かせたら、そのときはやめよう。

後ろを弄《いじ》りながら吸ってやると、シリルは声もなく身悶えた。

指で触れる中の感触と、吐息に交じる甘さに、シリルの体がじゅうぶん追い立てられていることがわかる。やがて噛んで堪えていた喘ぎが漏れ始めた。

「あ……っ、あっ」

んん、とシリルは唇を噛んで息を止める。グレアムはシリルの胸から口を離し、指も抜いた。

「っ、え……?」

達する寸前だったシリルが、戸惑うように目を開いた。肌を震わせて、問うようにグレアムを見る。

シリルの細い体をベッドの上に押し倒し、シャツを脱ぎ捨てた。こくり、とシリルが喉を鳴らす。

「ごめん、俺ももう限界。……入れさせて」

「あっ……」

シリルの脚を開かせて抱え、今にも弾けてしまいそうな自分のものを押し当てた。

「あ、あっ」

「痛かったら、ごめん……っ」

先端を押し当てたら、吸い込まれるように腰が動いてしまう。シリルは「あ！」と声を上げて腰を反らした。

「――！」

角度が変わったせいでシリルの弱い部分を強く擦る格好になり、既に限界だったシリルは、本人にとっても不意打ちのように達してしまう。少量だが勢いよく飛沫《しぶき》が飛び、シリルの胸元を汚した。

困惑しながら羞恥《しゅうち》に身を捩《よじ》るシリルの体を押さえつけたのは、殆ど無意識だ。逃げようとする痩軀を抱えこみ、奥まで深く嵌《は》める。

「っ、や」

シリルの後頭部に手を回して口付けし、もう一方の腕で腰を抱き、身動きが取れないように腕の中に閉じ込めた。シリルは逃げようにも逃げられないようで、ただグレアムの唇を受け止めている。

「んっ、ん、ん、っ」

めちゃくちゃに突き上げたい衝動を堪えながら、嵌めたままの腰を揺らす。根本から搾《しぼ》り取られるような中の動きに、体ごと持っていかれそうだ。

「んん……っ」

シリルが腕の中で震えている。呼吸が苦しいのかもしれない、名残惜しく思いながらもキスを解いた。

けれど解放されたシリルは、無言のまま首を横に振っている。どうしたの、よしよし、と宥めるように、後頭部に添えていた手で撫でながら、奥を優しく突いた。

――……気持ちいい……、幸せ。

十代の頃に親と死に別れ、以降あまり外部と接することなく生きてきたグレアムは、性行為に関する知識に乏しかった。

森の中で動物の「交尾」を見るくらいのもので、あとは物語の中に出てくるぼんやりとした描写を読む程度だ。

そのせいもあって、最初、シリルを背中側から抱こうとした。それ以外、よく知らなかったからだ。

――向き合ってしたい、って言われて、そんな方法があるんだ、って思ったっけ。

すごく恥ずかしそうにしていたシリルが、とても可愛かった。ぎこちなく未知の体位で結ばれたとき、シリルの顔や体があますところなくよく見えて――シリルがすべてを自分に明け渡してくれたようで、嬉しかった。

思い出すだけで、嬉しくて泣きそうで、同時に情欲を煽《あお》られる。

「シリル、好きだよ。大好き」

男だらけの職場だということもあり、休憩中は猥談《わいだん》になることも多い。港町らしく、売春宿もそれなりにあるし、グレアムにとっては今までに見たことも聞いたこともないような情報が舞い込んでくることもあった。

教えてもらった色々なことがしてみたい、と微塵も思わないと言ったら嘘になるが、別に特殊なことをしなくても、シリルと触れ合うだけでこんなに満たされる。

もう一回キスしたいな、と顔を近づけた。けれど唇が触れるよりずっと早く、胸を押し返される。

「えっ……」

拒まれたのかと悲しくなると、手を震わせながら、シリルが頭を振った。

「も、……無理で……っ」

消え入りそうな声で、シリルが叫ぶ。けれど一瞬聞き取れなくて、「え？」と上体を屈《かが》めた。そのせいで腰が若干浮き、今までよりほんの僅かに深いところを突いてしまう。瞬間、シリルの体が強張った。

「ふ、……っうぅ……っ」

口を手で押さえ、がくがくと体を震わせながら、シリルが達する。

ゆっくりしていたのに、なんで？　と思いながらも無意識に腰を動かしていると、シリルは頬を涙で濡らしながら首を振った。

「奥、……っも、やめて……、変、おかしくなって、しまいます……っ」

もうしないでと、シリルが声を上ずらせて泣く。その後は声にならなかったらしく、無言で頭を振った。

シリルの艶めかしさに目を奪われていて、その内心を察するところにまで意識がいっていなかったらしい。どうやらシリルは先程より前にとっくに達していて、自分はずっと、敏感になった彼の体をしつこくいじめていたようだ。

「っ……」

申し訳ない、という気持ちの一方で、このところ抑え込もうとしていた独占欲が十二分に満たされ、同時にもっと貪《むさぼ》りたいという欲求に体が昂ぶるのがわかった。

「……っ、グレアム……っ」

「え……」

揺さぶられながら、シリルは咽《むせ》び、縋《すが》ってグレアムを呼んだ。か細く、譫言《うわごと》のように。

よほど余裕がないのか、いつもは頑《かたく》なに「さん」を外さないシリルが。

背筋がぞくっと震え、シリルの体を抱え直して強く突き上げる。

「っ？　や、ぁ……あぁ……！」

深い場所で、堪えきれずに熱を吐き出すと、シリルは身を反らして泣きながら嬌声《きょうせい》を上げた。

「——……っ」

体ごとシリルに攫《さら》われるんじゃないかと思うくらいの快感に、思わず息を詰める。

その間も腰は止められなくて、グレアムを受け止めてくれているシリルの体から不意に、かくんと力が抜けた。

息が止まっているのではと慌てたが、意識を失っただけらしい。

ほっと胸を撫で下ろしつつ、細い体を抱え直す。一度出したはずなのに、グレアムのものはまだ硬度を保ったままだし、興奮も醒《さ》めない。もっとシリルが欲しくて堪らなかった。

「シリル」

置いていかれたようで寂しくもあり、無防備な姿を愛しくも思う。

腰を揺すり続けても、先程までと違って反応がなにもなかった。けれど、胸の突起を舐めたり口に含んだりしていると徐々に甘い吐息が零れ始め、もじもじと身を捩り始める。

それでも覚醒《かくせい》に至るほどではないようで、時折「あ」と零れる嬌声にひどく劣情をそそられた。

そうしているうちに、シリルが目を開く。

「——……?」

一瞬状況がわからなかったようで、ぽうっとグレアムを見る顔が可愛い。おはよ、と頬に唇を寄せたらようやく把握したらしく、腰がびくっと跳ねた。中に入っているものを締め付けられて、息を詰めた。

「ぐ、ぐれあむ、さんっ」

──あ、呼び方また戻っちゃったな。

あの一回だけかと少々残念になりながらも起きて名前を呼ばれたのが嬉しくて、うん、と笑顔で頷いたらシリルはどうしてか困った顔をした。

「シリル、可愛い。大好き」

気持ちいい、と熱っぽく伝えたら、シリルが全身真っ赤になる。その様子が愛らしくて、興奮して、覆いかぶさって貪るように口付けた。

「んっ、んん……」

拒むように動いたシリルの手を強引に握って敷布に縫い止める。無意識かもしれないが、優しく握り返してくれるのが嬉しい。

「っ、シリル、好き、大好き」

「あっ、ぅ……、や、あ、あっ」

二度目の限界ももう近くて、最初の頃の遠慮が嘘のように激しく揺さぶってしまう。けれどシリルの声も表情も甘く蕩けていたので、止まれそうもなかった。

「好き……っ」

「あ……！」

音がするくらい強く突き上げて、シリルの中に出す。両手を強く握ったまま、夢中になって唇を塞いだ。逃げる舌を搦《から》め捕《と》って甘噛みすると、シリルが「ん」と声を漏らした。

「……っ」

唇を離して、互いに呼吸を整える。はあ、と息を吐いて、シリルの体の上に覆いかぶさった。息の上がっているシリルの目元や額、髪、鼻先、頬、唇、首にキスをする。黙ってされるがままになっていたシリルが、小さく笑った。

「ん？　なんか面白かった？」

グレアムも笑いながら問うと、シリルは「いえ」と首を振って目を細める。

「くすぐったくて……、グレアムさんのことが好きで、幸せだなと、思って」

そう言って、細い腕がグレアムを抱きしめた。

「私も……ずっと、こうしたかったです」

自分の好きな人が、自分を好きだと言ってくれる。ふたりでいることを幸せだと言ってくれる。抱き合いたいと思ってくれている。そのことが信じられないくらい幸せで、泣きそうになった。

——ああ俺、もう、本当に独りじゃないんだ。

里を出て、シリルはついてきてくれた。

グレアムと一緒にいるための行動だとわかっていたし、毎日、ともに過ごし暮らしている。

けれど、自分でもよくわからない漠然とした寂寥《せきりょう》に苛《さいな》まれることが度々あった。その寂しさを明確に言語化することはできていなかったが、今ならわかる気がする。

本当にシリルは自分とともにいてくれるのか、自信がなかったのだ。

社会的立場が圧倒的に違って、グレアムはシリル以外にいないけれど、きっとシリルには沢山必要としてくれるひとや、愛してくれるひとがいる。

グレアムを選ぶ理由があるように思えなくて——自信がなくて、本当に孤独だったときとは違う寂しさを、シリルと一緒になってからいつも抱えていた。

——でも、シリルは。

本当にグレアムを必要とし、愛してくれている。今なら確信を持ってそう思える。

シリルの気持ちを疑っていたわけではなくて、自分に自信がなかった。

「……グレアムさん？」

名前を呼ばれてはっとする。シリルが、心配そうな顔をしてグレアムの頬を撫でた。自分の目に涙が溜《た》まっていると知ったのはそのときで、悲しいわけじゃないのだと言い訳するように破顔した。

シリルは微かに目を瞠り、安堵したように頬を緩め、その両手でグレアムの頬を覆う。

「シリル」

はい、と返事がある。

「……さっき、俺のこと呼び捨てにしてくれたよね？」

問いかけると、シリルはきょとんとした。それからそのときの状況を思い出したのか、真っ赤になる。

「あの、あれは」

「うん。いい。どう呼んでくれてもいい。シリルが俺を呼んでくれるだけで、もう、すっごく幸せだから」

呼ばれてみてわかった。自分は、シリルに名前を呼ばれること自体が嬉しいのだ。重要なのは呼び方ではなく、シリルが、グレアムを呼び、求めてくれるかどうかだから。

呼びたいなら呼んでくれればいいし、そうじゃないなら無理に呼ばなくてもいい。

勝手に納得したグレアムにシリルは戸惑いの表情を浮かべていたものの、グレアムの髪を撫でてくれた。

「……もし、この先、私に親しい存在ができて」

「ん？　うん」

「……例えばそのひとと『親友』と呼べる間柄になったとしても、私はこのしゃべり方のままですし、やっぱりさん付けをすると思うんです」

どれだけ親しい間柄になっても、呼び捨てにはできそうにないのだとシリルが言う。そういう性分だからと。

「それでもやっぱり、ほかの誰かとグレアムさんとじゃ、違うんです。同じようにさんを付けて呼んで、同じようにしゃべっていても、グレアムさんは……グレアムさんだけが、私の『特別』なんです」

ゆっくりと噛んで含めるようにそう告げられ、グレアムは言葉を失くした。

「あなたは人狼で、私は人間で……きっと、人狼の方同士でしかわかり合えないことも、沢山あると思うんです」

それは、グレアムも同じことだ。シリルの人間としての悩みを、自分は聞いてあげることしかできない。完全に分かち合うことは、多分できない。

「だけど、これからは私にもちゃんと相談してほしいと、思います。私もそうします。そうして少しずつでも歩み寄って、わかり合っていきましょう。……私たちは、一緒に生きていくって決めたんですから」

先程の「特別」であるということを、シリルが噛み砕いて言ってくれる。

その言葉に、目の奥が熱くなる。気がついたらぼろぼろ涙を零していた。

「……あれ？　なんで？」

とめどなく溢れる涙を、慌てて払う。それでも止まらなくて、必死に目元を擦った。

その手を、涙を堪える必要はないのだとばかりにシリルがやんわりと止める。彼の唇が、グレアムの瞼《まぶた》に触れた。

「呼び方は同じでも、ちゃんと、特別な気持ちで……好きで、あなたのことが一番大事で、愛情を持って、呼んでいますから。それを、知っていてくださると、嬉しいです」

「……うん」

うん、うん、と子供のように拙《つたな》い返事をして、泣きながら何度も頷く。

大好きです、ともう一度口にして、シリルはグレアムを抱きしめてくれた。


「グレアム、聞いたか」

職場でいつものように貨物の荷降ろしをしていたら、オリバーに声をかけられた。

オリバーは相変わらずの面倒見の良さで、グレアムを気にかけてくれている。先日は煽って狼化したことの詫《わ》びだといって、沢山の食べ物や酒をグレアムたちの家に届けてくれた。

試すためにシリルを傷つけるような言動をしたオリバーとは、和解はしたもののしばらくの間シリルよりも割り切れずにいた。だが、彼は後に改めてシリルにも謝罪したし、誠意をもって頭を下げてくれた。

なによりも、初めて親以外にまともに関わってくれた人狼であり、面倒を見てくれたオリバーを、心底嫌いにはなれないのだ。

「なにを？」

「お前らのもといた『里』の続報」

正確には麓《ふもと》の里にいたのはシリルだけで、自分は山に住んでいたのだが、そこはいちいち訂正せず、「続報？」と鸚鵡返しに問う。

「そ。山の神の怒りに触れた、っていう噂が立って、大変らしいぞ」

「山の神……」

「お前のことだろ？　出世したな」

自分は神でもないし、天誅《てんちゅう》を下すこともできないが、彼らが「山の神」の怒りに触れたのは誤りとも言い切れない。動物たちの容赦ない返り討ちにあった。

田舎であればあるほど、信心深い人が多く、噂話は千里をかける。山の神の怒りを買い、山の神の祟《たた》りそのもので人が減ったということではなく、そういう噂そのものが不吉とされて忌避されているのだろう。

土地を移ろうにも、「あの怒りに触れた里の」という噂はとうに出回っていて、新しい家を見つけるのもしばらくは困難に違いない。農業で生計を立てていたものはともかく、商いをやっていた家も大変なことだろう。

気がかりなのは子供たちだが、シリルと約束していた通り、きっと頑張っているに違いなかった。

「それと、教会で子供を預かるのをやめたそうだ」

「えっ……でも、まあ、そうか」

不祥事を鑑《かんが》みれば、当然の措置である。教会に預けられていた子たちは、別の土地へ散り散りになってしまったそうだ。

「ま、やべえ教会なんてそうごろごろしてるわけじゃなし、きっと真っ当に暮らしてるさ」

「……そう、だよね」

「気になるなら、調べることもできるけど」

一瞬思案したが、頭を振った。グレアムは赤毛のサミー以外の子供の顔と名前はよくしらないし、聞いたところでわからない。

もし、シリルが知りたいと思うのであれば、あとで聞こうと思った。そう考えて、はたと疑問を抱く。じっとオリバーを見つめると、彼はなんだよと首を傾げた。

「なんか、随分詳しいっていうか……詳しすぎない？　噂話にしては」

何気なく投げた質問だったが、オリバーは不意を突かれたように黙り込み、頭を掻いた。

「……休みのときとか暇なときに、ちょっと調べてたんだよ。現地調査ってほどではないけど」

「現地⁉」

「だから現地ってほどじゃないって！　土地の事情を知ってそうなところに行ったりとか……まあ、現地まで行くときもあったけど」

簡単に言うけれど、人狼の足でもだいぶかかる距離だ。休日など、まるっと潰れてしまう。

「どうして」

「……噂話を鵜呑《うの》みにするのはよくないから、できるだけ本当のことを知ったほうがいいだろ」

そう言い残して、どこか慌てたようにオリバーが去っていく。本当のことを知ったほうがいい、というのは、誤解していた彼自身のことなのか、続報をなにも知らず気にかけている自分たちのことなのか、それとも現地にいる彼らのことなのか。

――もしかして、それもお詫びの一環なのかな……？

本当に、もう彼に対して怒っているわけではないが、オリバーはまだまだ気にしているようだ。

シリルに乗っかかっているのを見たときは本当に頭に血が上ったけれど、あまりに気にしているオリバーに、却《かえ》って毒気が抜かれてしまう。

シリルに謝るときも、必ずグレアムがいる場所でだった。それはシリルを威嚇してしまったので怖がられるのではないかという気遣いと、ふたりきりだと恋人であるグレアムが嫌な思いをするだろうという配慮だ。

　とことん悪役に向いてない人だな、と笑ってしまった。

「それにな、色々伝手《つて》はあるし」

「伝手？」

「まだ顔合わせできてないけどな、この街、まあまあ『仲間』が多いんだわ」

「え？」

　先日、人狼の集まりに連れていってやる、と言われたが、まだ実現はしていない。このところ大きな貿易船が立て続けにやってきたので、仕事が忙しかったのだ。

「仲間って、まあまあ多いの？」

「そうだな。役場にも教会にもいるし」

「は⁉」

　人狼がそんなところに紛れ込めるのかと目を剝く。それに、グレアムは役場にも教会にも何度も足を運んでいて、その中に人狼が紛れているなんて微塵も気づかなかった。何人も顔見知りがいるが、一体誰だろうとぐるぐる考えを巡らせる。

「役場と教会って、だ、誰？　俺の知ってるひと？」

　慌てて訊ねると、オリバーはにやっと笑った。

「そんな心配しなくても、多分面識はねえよ。もっとも、教会や役場の仕事ってのは、俺らと違って通りすがりの客ばっか相手にするわけじゃない、地域密着の仕事だからな、人間に交じる技量の高さは半端じゃねえぞ」

「そうなんだ……」

確かに、客だけでなく同僚とも同じ建物の中でずっと隣り合って仕事をするのだから、まったく気が抜けないだろう。感心していたら、オリバーが揶揄うような顔になった。

「お前みたいなぼんやりじゃ、会ってもわかんないかもな」

「なんで⁉　俺だってわかるもん！　そこまで野生失ってないよ！」

ひどい！　と腹を立てるグレアムを尻目に、オリバーは「はいはい、悪かったよ」と軽くあしらって去っていく。

実際該当の人物たちには会っていないから明言はできないけれど、人狼ならば対峙《たいじ》すれば本能的な感覚でわかるはずだ。

新たな情報が気になりつつ、むくれながらも仕事に戻ると、それから間もなく荷物を抱えた親方がやってきた。

「お前ら、仲直りできたのか」

グレアムをじっと見るなり、親方がそんなふうに言う。不意打ちの言葉に、思わず「えっ」と声を上げてしまった。

親方は、オリバーとぎくしゃくしていたグレアムに、拗れる前に話をしろと諭してくれたのだ。

「あの……お陰様で、ご心配をおかけしました」

ぺこりと頭を下げたら、親方に強めに頭を撫でられた。

「皆心配してたんだ。俺らも首突っ込んでいいもんか迷ってたからよ。仲直りできたんならよかったわ」

「ごめんなさい」

「いいってことよ。たまにぶつかることだって必要だ」

ひらひらと手を振って去っていく親方にやっぱり父性を感じたが、また「俺はそんな齢じゃねえ」と怒られるだろうなと思い、その背中に無言で再び頭を下げた。

その後はひたすら黙々と貨物の積み込みや荷下ろしの作業をこなしていたら、貨物上屋に珍しくシリルが現れた。

「――グレアムさん！」

声をかけられて、グレアムは積まれた大型の木箱の上から飛び降り、慌てて駆け寄る。

「どうしたの、シリル」

「すみません、今日教会に届いた荷物が、誤配だったみたいなんです」

訊けば、輸送用の大きな木箱で届けられた荷物には大量の飼い葉が詰まっており、明らかに教会宛《あ》てのものではなかったようだ。

送り状に誤りがあり、牧場宛てのものが間違って届いたらしい。届け先に指定されていた住所は教会のもので、宛名はよく読むと牧場のものだったそうだ。

軽い荷物なら教会で届けてもよかったが、シリルたち修道士が自力で動かせる重量のものではなく、立ち往生してしまっているのだとか。

「あー、そうなんだ。じゃあ、あとで取りに行くよ」

シリルは安堵した様子で、よろしくお願いしますと頭を下げる。

「それより、危ないから出た出た」

用件は聞いたので、急《せ》かすようにシリルの肩を優しく押した。

「あっ、はい。すみません。お仕事中にお邪魔しました」

シリルがもう一度会釈をすると、いつの間に集まっていたのか、背後に立ち並んでいた同僚たちが揃って「いえいえ～」「もうちょっとゆっくりしていけばいいのに」「また教会行きますね～」などと騒ぎ立てる。散った散った、と腕を振った。

貨物上屋の中は重なった貨物が崩れてきたり、貨物を運ぶ者や走り回っている者とぶつかったりすると非常に危ないし、なにより、隙あらばシリルに話しかけようとする輩《やから》が多すぎて危ない。

――こういうのを「狼の群れ」って言うんだっけ……。

縄張り争いなら負ける気はない。ぐるると喉を小さく鳴らして威嚇すると、事情を知っているオリバーだけが笑ってグレアムの頭を軽く叩く。そうしたら、何故か皆に笑われた。シリルもくすくす笑っている。

「シリルぅ……」

恨みがましい声を出せば、シリルはこほんと咳払いをした。

「すみません、グレアムさんが皆さんに好かれてるのが微笑ましくて、嬉しくて」

「ええ〜？」

揶揄われたりおちょくられたりしている気はするけれど、と不満げな声を上げる。シリルは
「もう嫉妬はしないです」と言った。

「嫉妬？　シリルが？」

一体なにに？　と首を傾げる。

シリルは説明をしてくれず、ただ楽しそうにしているばかりだ。笑顔のシリルに、同僚たちが相好を崩す。

「もう皆仕事に戻りなよ！　シリルは見世物じゃないよ！」

しっしと手をやると、同僚たちは不満げな野次を飛ばしてきた。

人から好かれ頼りにされるシリルに焦燥を抱いたこともある。だがこういう好かれ方をされると、シリルへの焦燥や嫉妬は生まれず、群がる彼らを徹底排除したい気持ちが独占欲とともに出てくるのだから始末に負えない。

「お仕事頑張ってくださいね」

シリルは彼らの邪《よこしま》な気持ちになど微塵も気づかないで、愛想よく振るまって踵《きびす》を返す。「はーい」と声を揃える同僚たちを無言で睨んでいたら、彼らに笑われてしまった。どうやら、シリルに対する好意もあるけれど、グレアムを揶揄うつもりもあるらしい。

むう、と不満に膨れながらも、日々のそういう何気ない遣り取りの中で自分が同僚にも、ひいてはこの街にも、馴染んでいるのだと思えた。

この街で、これからシリルと生きていくのだと、ここへやってきた当初よりも実感し、強く願っている。

「シリル！」

去りかけた彼の背中に声をかける。シリルが振り返った。

「今日、夕飯俺が買って帰るね！」

「わかりました！　お仕事頑張ってください！」

手を振ったシリルの笑顔は、先程まで同僚たちに向けていたものとは違う。

大好きだよ、と声に出さずに口だけで言うと、彼もまた同じように「私もです」と返してくれた。

あとがき

はじめましてこんにちは。栗城偲《くりきしのぶ》と申します。この度は拙作『はぐれ銀狼と修道士』をお手に取って頂きましてありがとうございました。

今回は攻めが人狼という設定で、キャラ文庫では初めてのファンタジーとなりました。そして、ファンタジー自体は書いたことがあるのですが、登場人物が全員カタカナの表記なのは拙著ではこれが初めてだったりします。カタカナの名前が覚えられず世界史で大変苦戦したくちなので、今までファンタジーを書いたとしても人物名は漢字表記にしていました。というわけで、カタカナの表記が覚えられないタイプの作者なので、登場人物の名前はわかりやすさ優先で割とオーソドックスなものになっています。受けだけ少し捻《ひね》ったというか、意味を持たせましたが。

受けも攻めも寂しい二人で、身を寄せ合って恋をする割と穏やかな今作ですが、最初期のプロット（つまり没案）では攻めは優しい人狼ではなく人の心のないガチの人食い鬼でした。そんな鬼が生まれて初めて恋をしたのが人食い鬼を退治しに来た人間の受けで、だけど攻めは里人が受けを陥れたのが許せず里人を食い荒らすみたいな話でした。殺伐としてるな……。

そんな初期設定だったと知ったら、グレアム（今作の攻め）は泡吹いて倒れそうですね。

イラストは雑誌掲載時に引き続き、夏河《なつかわ》シオリ先生に描いて頂けました。ありがとうございました！

狼《おおかみ》がキリッとしていてかっこよく、かっこいいけど冬毛っぽくもふっとしていて、これは抱きつきたい、ひたすらもふもふしたい……とにこにこしながらイラストを拝見していました。だけど変身を解いた攻めはもふもふとは思えない、すらっとした青年でとてもギャップがあってかっこよいのです。

そして、修道士の服というのは実にストイックで素敵ですね……とイラストを拝見してしみじみとしてみたり。清楚《せいそ》な感じに描いて頂いた受けですが、脱いだらとっても色っぽくてどきどきしました。

攻めも受けも二人とも穏やかで優しそうで、でもどちらもどこか寂しさを感じさせる空気をまとっていて、とても素敵なキャラクターにして頂けました。本当にありがとうございました。

改めまして、この本をお手に取って頂いて本当に有り難うございました。感想など頂けましたら幸いです。

まだまだ落ち着かない日々が続いております。ストレスをうまく逃しつつ、つつがなく健やかにお過ごしください。

ではまた、どこかでお目にかかれますように。

栗城偲

この本を読んでのご意見、ご感想を編集部までお寄せください。

《あて先》〒141-8202　東京都品川区上大崎3-1-1　徳間書店　キャラ編集部気付
「はぐれ銀狼と修道士」係

【読者アンケートフォーム】
QRコードより作品の感想・アンケートをお送り頂けます。
Chara公式サイト http://www.chara-info.net/

■初出一覧

銀狼はひとり夜を待つ……小説Chara vol.45（2022年1月号増刊）

いつまでもともに……書き下ろし

Chara

はぐれ銀狼と修道士

……【キャラ文庫】

2022年6月30日 初刷

著者 栗城偲

発行者 松下俊也

発行所 株式会社徳間書店

〒141-8202 東京都品川区上大崎3-1-1

電話 049-293-5521（販売部）

03-5403-4348（編集部）

振替 00140-0-44392

印刷・製本 図書印刷株式会社

カバー・口絵 近代美術株式会社

デザイン 百足屋ユウコ＋タドコロユイ（ムシカゴグラフィクス）

ISBN978-4-19-901069-9

栗城 偲の本

好評発売中

[幼なじみマネジメント]

イラスト✦暮田マキネ

ダンスも歌も上手いのに、明らかに手を抜いているアイドル──三年ぶりに再会した幼なじみのヤル気のなさに驚愕する匠《たくみ》。俺と離れている間、春臣《はるおみ》は変わってしまったのか!? 「匠がマネージャーになってくれたら頑張る」縋るような瞳に抗えず、マネージャーになると決意! 本当は役者がやりたい春臣を、俺がこの手で輝かせる──真剣に取り組むようになった春臣の売り込みに奔走する毎日で!?

栗城　偲の本

好評発売中

「玉の輿ご用意しました」

イラスト✦高緒 拾

高級車に狙いをつけ、当たり屋を決行!!　ところが、それを見破られてしまった!?　初めての大失態に、内心焦る青依《あおい》。けれど車から降りてきた男・印南《いなみ》は、青依の痛がるそぶりに顔色一つ変えない。それどころか、平然と「通報されたくなければ言うことを聞け」と命令してきた!!　厄介なことになった、と思いつつ拒否権のない青依に、印南はなぜか「9ヶ月間、俺の恋人のフリをしろ」と言い出して!?

栗城 偲の本

好評発売中

【玉の輿謹んで返上します】

玉の輿ご用意しました2

イラスト✦高緒 拾

社長秘書になる条件は、年齢・性別・学歴不問!?　勤務先の工場で青依《あおい》が目にしたのは、社内公募の貼り紙。秘書になれば、社長で恋人の印南《いなみ》さんの役に立てるかも…？　ダメ元で応募したところ、なんと最終選考まで残ってしまった!!「恋人だからって贔屓はしない」――立場上は厳しい口調で一線を引くけれど、印南は心配を隠せない。そして迎えた研修初日、青依は精鋭のエリート達と対面し!?

栗城 偲の本

好評発売中

「玉の輿新調しました 玉の輿ご用意しました3」

イラスト✦高緒 拾

上から目線で命令口調、顔も性格も恋人と瓜二つな高校生──進路に悩む印南《いなみ》の甥・誉《ほまれ》が、家出して転がり込んできた!? 彼の教育係として、職場で面倒を見るハメになった青依《あおい》。生意気な初めての後輩が放っておけず、恋人とキスする暇もない。そんな時、海外支社の研究員・ベルが来日! 青依の才能に惚れ込み「研究者にならない?」と誘ってきた!! 人生の新しい選択肢に、青依の心は激しく揺れて!?